Sacrifice
〜制服狩り〜
Rateblack 原作
布施はるか 著
たまひよ 原画
PARADIGM NOVELS 157

登場人物

玉越《たまこし》 隆由《たかよし》

　大財閥会長の庶子として生まれる。逝去した父親の遺言により学園の運営を任される。カリスマ性があるが、屈折した性格。

永江《ながえ》 葛葉《くずは》　隆由の秘書。有能で妖艶なだけでなく、隆由の初めての女性でもある。

水越《みずこし》 二海《ふみ》　芸能事務所所属の、アイドルの卵。典絵に憧れて学園に転入してきた。

瀬川《せがわ》 月奈《つきな》　全国模試で10位に入るほどの秀才。気が強く自信過剰なところがある。

篠崎《しのざき》 七香《ななか》　母は茶道の家元、父は高名な政治家。世間知らずで、おっとりしている。

佐伯《さえき》 典絵《のりえ》　もとトップアイドル。しかしわがままなため、一時芸能界を干されていた。

相嶋《あいじま》 流佳《るか》　ジャーナリスト志望の活動的な少女。ネットや、PC関連の知識が豊富。

山岡《やまおか》 花梨《かりん》　父親は、最近頭角を現してきた若手政治家。気が強いがファザコンぎみ。

芙蓉《ふよう》 千夏《ちなつ》　じつはクローン人間。サイキックの能力も持っているのでかなり危険。

三橋《みはし》 早美《はやみ》　一家で夜逃げしてきた関西出身の貧乏少女。奨学金で学園に通っている。

小沢《おざわ》 沙綺《さき》　俊足のアスリート。入学以来音信の途絶えた姉を心配して学園に転入する。

小沢《おざわ》 亜希《あき》　沙綺の腹違いの姉。内気で気が弱いが、美しいソプラノボイスが特徴。

第1章　典絵

第3章　流佳

目次

プロローグ　Sacrifice

「お前の出演した番組を観《み》たぞ」

重厚なデザインの調度品で飾られた窓ひとつない部屋で、玉越隆由《たまこしたかよし》はそう切りだした。

マホガニー製の豪華なデスクを挟んで向かい立つ少女の顔に、一瞬不安の色がよぎる。

「どうでしたか……？」

「うむ。ゲストの中でお前が一番光っていたよ」

あたかも玉座を思わせる椅子《いす》に座る隆由は、世辞でなく正直な感想を口にした。そうして、目の前の少女、佐伯典絵《さえきのりえ》を満足げに見つめる。番組にゲストとして出演していたアイドル候補達《たち》の中で、典絵の持つ存在感だけが抜きんでていたのは確かだ。しかもそれは、まだまだ原石でしかない。このまま磨きをかけていけば、いずれ国内のみならず世界にも通用するトップアイドルとなり得る。隆由はそう踏んでいた。

「ありがとうございます！」

ホッと安堵《あんど》の笑みを浮かべ、典絵が優雅に深々と頭を下げる。隆由はさらに言った。

「あんなローカル局のバラエティ番組に出演させるにはもったいないほどだ。わたしとしても、もう少し名の売れている番組にお前を送り込んでやりたいところなのだが……」

小さく息を洩《も》らし、隆由は言葉を続ける。

「すまないな。なかなか力が及ばん」

言い終わるや否や、すぐに典絵が口を開き、神妙な顔で「そんなことはありません」と告げた。少女の声はかすかに震え、隆由を真《ま》っ直《す》ぐに見つめる瞳《ひとみ》は潤んでさえいる。

「理事長は、わたしにチャンスを与えてくれます」

典絵は言った。ふたりの関係は、私立緑林《りょくりん》学園高等学校理事長と、この春、ほんの1週間前に学園の芸能科へ編入された生徒というものだ。そもそも典絵は、数々の美少女コンテストを総ナメにして華々しく芸能界にデビューを飾ったものの、度を超えたワガママぶりが災いし、ついには業界から総スカンを喰《く》って仕事を干された挙げ句、編入前の学校では出席日数がまるで足りず、問い正した教師に暴言を吐いて放校処分となったといういわくつきの娘だった。彼女の所属事務所であるマネージメント会社とのつき合いもあり、隆由の学園へ編入させることとなったのだ。それから1週間、まずは地道な活動からアイドルとしての再スタートを切った典絵。編入のための面接時や、その後しばらくの間に見せた尊大な態度も、今はすっかり鳴りを潜めている。隆由は少女の変化に満足していた。けれどそれを微塵《みじん》も表情には出さず、あくまでも優しい笑みで頷《うなず》いて見せた。

「チャンスを生かすも殺すもお前しだいだ。時に身を捧《ささ》げ、犠牲にし、あるいは損失や献身も必要となる。少なくともお前は、与えられたチャンスを着実にものにしているよ」

「でも……、理事長がいなかったら、わたしはここまでこれませんでした……」

「芸能界はそんなに甘いものでない。わたしは手助けをしたにすぎん」

それは事実である。隆由はいつでもお膳立《ぜんだ》てを整えるだけだ。学園の理事長であるということ以外、敢《あ》えて表に出ようとはしなかった。それが彼のスタイルであり、ポリシーなのだ。生きていくための術《すべ》と言ってもいい。

「ありがとうございます……」

もう一度頭を下げた少女の頬《ほお》に、ひと雫《しずく》の涙が伝う。

「泣くのはまだ早いぞ。TV出演などお前にとっては通過点にすぎないのだからな。必ず大舞台で歌わせてやるぞ。お前にはそれだけの素質があるとわたしは信じている」

「はいっ。理事長……、わたし、嬉《うれ》しいです……」

言いながら、典絵はポロポロと涙をこぼした。

「だから泣くには早いと言っただろう。前回のTV出演の反応は上々だ。そこでわたしが次に狙《ねら》っているのは、この番組だ」

典絵が感激に浸る暇《いとま》も与えず、隆由は執務机《しつむづくえ》の上に広げた新聞のTV欄《らん》を指差した。彼の指先が叩《たた》くそこには、河鷺愛《かわさぎあい》という人気局アナと若手お笑いコンビが司会を務めるバラエティ番組の名が記されている。放送は深夜だが、全国ネットの大手民放だ。しかも、番組を彩るレギュラー出演者達のレベルも高く、視聴率も悪くない。

「この番組に、わたしが……？」

「そうだ。この番組のプロデューサーは、先日お前が出演した番組のプロデューサーに輪をかけてスケべらしい。身体《からだ》を使って仕事を取ってくるのはもう嫌かね？」

隆由がサラリと言う。ビジネスに徹した時の眼光鋭い瞳が、目の前の少女を見つめた。けれど、アイドルとしての再起をかける典絵は、臆《おく》することもなく、彼女を導く存在を力強く見返す。かつてのワガママ娘の顔には、決意の色がありありと浮かんでいた。

「いえ……。覚悟はできてます！」

「うむ、それでこそ佐伯典絵だ。しかし、今回の敵は手強《てごわ》いぞ？」

「大丈夫です。理事長が作ってくれたチャンスを無駄《むだ》にはしません」

「よし、待っていろ。面会の段取りは、わたしが必ずなんとかしてみせる。お前の期待を裏切るような真似はしないと約束しよう」

隆由の励ましに勇気づけられ、典絵は「はいっ！」と元気に頷いた。だが、彼女は知らない。すでにこの時点で、隆由は番組プロデューサーに合意を取りつけていた。学園の理事長というだけでなく、巨大な財閥をも裏から支配する隆由の力をもってすれば、造作もないことなのだ。たった1週間で、ワガママで生意気な小娘を手懐《てなず》けることさえも。にもかかわらず彼は、典絵に自らの役目を自覚させるための芝居《しばい》を打っていた。

「さあ、今日はもう帰りなさい。模試《もし》も近いことだ。学生の本分は勉強だからな」

優しい言葉の裏には、この娘の次なる利用価値を値踏む冷徹な計算が隠されている。だが、そんなことなど露ほども知らず、従順な信奉者となった典絵はかすかに頬を染めた。

「あの……、理事長……？」

「どうしたんだね？」

「今日も……、わたしに教育……して下さい……」

涙は治まっていたが、しだいに上気する少女は、鈍い光を宿らせるその瞳を相変わらず潤ませている。規則的に洩れる湿った息に、リップクリームを塗った唇が濡《ぬ》れ光る。

「前回、仕事を取ってこれたのは理事長がしてくれた教育のお陰《かげ》です」

「参考になったかね？」

「はいっ、とても！」

嬉しそうな笑顔を見せ、まるで飼犬が尻尾《しっぽ》を振るように少女は腰を捻《ひね》った。もっとも、対する隆由は見て見ぬふりをして軽くいなす。

「うむ、それはわたしとしても嬉しい限りだ」

「ですから……」

典絵がねだった。いささかタレがちの目がトロンとしている。ストッキングに包まれた両脚が、尿意を我慢するかのように小刻みに震えているのを隆由は見逃さなかった。

「わかった。ならば今回も教育してやろう」

「ありがとうございます！」

喜びに表情を輝かせる少女を伴い、隆由は隣接する別室のドアを開ける。頑丈な木製の扉の先は、やはり窓のない部屋だった。淡い照明に照らされた室内中央には、キングサイズのベッドがひとつ置かれただけである。

静かに扉を閉める隆由の目の前で、典絵は自分から壁に両手をつき、短いフレアスカートの裾《すそ》を揺らすヒップを突きだした。

彼女が身に着ける、ベレー帽と鮮やかなオレンジの制服は、緑林学園のものではない。学園の制服は最高級素材を使った完全オーダーメイドの特注品のため、編入生は最低でも1週間ほどかつて通っていた学校の制服で過ごすことになる。殊《こと》に典絵の場合は、重箱の隅《すみ》をつつくような細かな注文が多く、通常よりも長く仕立てに時間がかかっていた。

それはそれでいい。隆由は思う。しばらくは、この制服で楽しめるわけだからな。

フレアスカートを盛大に捲《めく》り上げ、パンストのナイロン生地に指をかける。彼はそれを脱がそうとはしなかった。スカートに隠れるギリギリの位置を見計らい、無造作に引き裂く。そして、丸い尻《しり》を覆うシルクのショーツを中途半端に引き降ろした。

ピクリと壁にもたれる少女の身が揺れる。露《あらわ》になった白い肉。その谷間の底がすでにぬかるんでいるのは一目瞭然《いちもくりょうぜん》だった。隆由の口もとがニヤリと歪《ゆが》む。背後から典絵を抱えたまま、そそり勃《た》つイチモツをズボンから引きだし、濡れそぼるワレメへと擦《こす》りつけた。

「んふぅ……、あぁ……、はぁ……んあぁ……」

背筋をのけ反《ぞ》らせ、少女の朱唇が控えめな吐息をこぼす。緩く腰を前後させながら滲《にじ》みでる淫蜜《いんみつ》を熱い分身に絡ませていた隆由は、おもむろに口を開いた。

「むぅ、いかんな。いつまでも不自然に恥ずかしがっていると、カマトトぶっているのではないかと疑われてしまう場合もある」

「んはぁ……、はいぃ……。そういう時は……、どうすればいいんですかぁ……？」

「思い切って乱れてみるのも手だ。耐えて耐えて、一気に爆発させるといった感じでな」

言いながら隆由は、片手で典絵の胸を制服の上から激しく揉《も》みしだいた。

「はうぅ……、はいぃっ！　んふぅっ……、欲しいですぅぅっ……！」

「ほう？　何が欲しいのかね？」

「んはぁ……、そっ、それはぁ……」

口籠《くちごも》る典絵が頬を赤らめ、モジモジとした動きを見せる。

「うむ、いい判断だ。そこで恥じらいを見せれば、その効力は何倍にも引き立つぞ」

あくまでも冷静な隆由が言う。そう、これは教育であり、指導なのだ。

「さあ、言ってごらん」

「理事長の……、オチ〇チン……ですぅ……」

「よし、ご褒美だ」

頷いた隆由は剛直の先端を典絵の秘裂に侵入させ、下から突き上げた。今日までに何度も調教されていた肉壺《にくつぼ》は、ズブズブと怒張を根もとまで咥《くわ》え込む。

「くはぁぁぁ……、きついぃっ！　これぇぇ……、これが欲しかったんですぅぅっ！」

「ククク……。そうら、そうら」

　ひとしきり腰をグラインドさせ、次いで長いストロークの抽送を始める隆由。

「んはっ！　ひぁ……、あぁぁんっ！　す……、凄《すご》いぃっ！　奥まで届いてるぅっ！」

「そうだ、もっとよがれ」

「あはぁぁんっ！　いやぁぁん……、はうぅぅっ！　だ……、ダメぇぇっ！」

「ダメなのか？　そうか、ならば仕方ないな」

　隆由が不意にピタリと腰の動きを止めた。その途端、典絵が切なげに声をあげる。

「あぁぁん……、ダメじゃないですぅっ！　おっ、お願ぁい……、動いてぇぇん！　わたしのアソコ……、理事長でいっぱいなのぉ……。もっといっぱいにしてぇぇ！」

「ふむ、どうしたものか？」

　なおも焦《じ》らす隆由に、堪《たま》らず典絵は自らヒップを揺すって懇願した。

「お願いしますぅぅ……、わたしをメチャクチャにしてぇぇっ！」

　そこまで言わせたことで、隆由は突き上げを再開する。同時に、典絵の制服の胸もとをはだけさせ、ブラジャーのカップから解放した柔かな乳房を乱暴に鷲掴《わしづか》んだ。

「ひあっ！　あぁぁんっ！　お……、オッパイもいいっ！　か、感じちゃうぅぅっ！」

「クク……。そうか、胸もいいのか？」

「はいっ！　はいぃぃぃっ！　んあぁぁん……、乳首もつねってぇぇっ！」

望みどおり、人差し指と親指で、プックラ張り凝る乳首をギュッとつねってやる。

「ひゃうっ！　ダメっ！　ダメぇぇ……。気持ちよくてぇ……、おかしくなりそうっ！」

「まだまだこんなものではないぞ？　そら！」

隆由は容赦なかった。空《あ》いているほうの手を接合部へとまさぐり伸ばし、肉棒が出入りする秘唇の先で震える肉芽を探り当てると、薄い包皮を剥《む》いて指先で捻り摘《つま》む。

「ひっ⁉　そ、そこっ！　あうっ！　ダメぇっ！　本当にぃ、おかしくなっちゃうっ！」

「いいぞ。乱れるなら徹底的にみせるんだ。バカ男に完全に屈服したと錯覚させろ」

「ひぅっ！　ひあぁ……、あはぁぁんっ！　奥にぃ……、奥にゴリゴリ当たってるぅ！　あうっ！　あうぅっ！　だ、ダメぇぇっ！　それ以上されたら……、されたらぁぁ！」

もはや典絵は指導を受けるどころではなくなっていた。全身を駆け巡る快感に身も心も委《ゆだ》ね、バランスの取れた肢体《したい》を刺激が加えられるたびに激しく悶《もだ》えさせている。それでも隆由は、腰を振り、指先を器用に蠢《うごめ》かせての指導を続けた。

「されたらどうなるのかね？」

「壊れる……、壊れちゃうぅぅっ！」

低く笑う隆由が「ならばいっそ壊れてしまえ」と囁《ささや》き、さらに激しく打ちつける。

「ひいぃっ！　ひあぁぁっ！　あうっ！　あはぁぁ……、んっ、んあぁぁっ！」

「どうだ？　イきそうか？　イきそうか？」

「あうっ、あふぅぅん！　もう、ダメですぅっ！　理事長っ、もうっ、わたしぃぃっ！」

「まだだ。バカ男がさっきのセリフを言う時は、自分がイきそうな時だ。勘違い早漏野郎の戯《ざ》れ言《ごと》だが、お前がタイミングを合わせてやるんだ」

「はいぃぃっ！　で……、でもぉっ！　わたしぃ……、もう我慢できませぇぇんっ！」

「よォし、射精《だ》すぞ。きっちりタイミングを合わせてバカ男の精子を搾《しぼ》り取ってやれ！」

「はひっ！　は、はいぃぃっ！」

裏がえった声で返事をしたものの、怒濤《どとう》のラストスパートに典絵はあえなく屈した。

「うあぁぁっ！　ダメっ！　イくっイくイくイくイくぅっ、イくぅぅぅぅぅぅ〜っ！」

典絵が先に昇り詰め、その証拠の強烈な締めつけに、最深部へと分身を突き入れた隆由が大量の白濁液を放出する。ざわめく無数の肉襞《にくひだ》が灼熱《しゃくねつ》の奔流《ほんりゅう》をしっかり受け止めた。

「うあ……、熱い……。熱いですぅ……。ああ、いっぱい……、いっぱい射精《で》てますぅ」

「うむ、わかっているではないか。イったあとのケアも忘れずにな。バカ男のセックスがいかに上手だったかを褒《ほ》めちぎるのだ」

「わたし……、こんなの……、こんな凄いのぉ……、初めてですぅぅ……」

「よし、合格だ。見事TV出演をもぎ取ってこい」

ドロドロになった膣内《ちつない》に隆由を咥え込んだまま、何度となく全身を痙攣《けいれん》させる典絵。肩で息をする少女は、苦しげに喘《あえ》ぎながらもしっかりと頷いていた。

第1章　生贄

ベビーブームと呼ばれた時代はもはや遠い過去となり、出産率は低下の一途を辿《たど》っていたこの時代……。

出生率の低下は、すなわち入学者数の激減となり、各種学校は定員を維持できないという事態に直面していた。公立校のみならず、私立校でさえも統廃合を繰り返し、この難局に立ち向かったが、それでも多くの学校が深刻な経営危機に陥り、次々と閉鎖を余儀なくされた。また、辛《かろ》うじて生き長らえたものもなんらかの特色を打ちだし、さらなる生き残りをかけてのサバイバルを真剣に考えざるを得なくなっていた。

今ここに、ひとつの私立学校があった。私立緑林学園高等学校。もともとは地域密着型の中・高一貫教育を行っていたのだが、新しい理事長の就任に伴って斬新《ざんしん》な改革を打ちだし、中等部を廃止して全寮制の高校へ改編するとともに、国内屈指の一大コングロマリットである玉越グループの一画としての豊富な財力を背景に、経営危機に陥った他校から優秀な人材のみを転入させ、見返りに運営資金を援助していた。

未来の国を担う若者の育成を謳《うたい》文句に掲げ、緑林学園は改革から数年で全国区の知名度を獲得。OB、OG達《たち》も各方面で活躍し、評価を不動のものにしていく。

しかし、この学園の裏の顔を知る者はまだ誰《だれ》もいなかった……。

朝の陽射《ひざ》しが開かれたドアから理事長室に射し込む。玉座のような椅子《いす》に背を預け、部屋の主《あるじ》である玉越隆由理事長は、マホガニー製のデスク越しに入り口を眺めていた。真紅のタイトスーツをまとう女性が、コーヒーカップを載せたトレイを片手に、窓ひとつない室内に足を踏み入れる。毎日1秒の狂いもない。退屈なデスクワークの始まりを告げる、一杯のコーヒーが運ばれてくる時間だった。しかし、今日はコーヒーだけではない。実に興味深い書類もトレイに載せられて運ばれてくる手はずになっている。

「失礼します。本日の編入予定者のリストをお持ち致しました。同じものを、データ化して〝編入〟フォルダにコピーしてあります」

きびきびとそつのない態度で高価なマイセンのカップと書類を執務机《しつむづくえ》に置いた女性は、隆由の秘書を務める永江葛葉《ながえくずは》である。葛葉は隆由より2歳年下で、幼い頃《ころ》から一緒に育った仲だが、幼馴染《おさななじ》みというわけではなかった。そう、ふたりの間に、そんな甘い関係は成立し得ない。なぜなら彼らは、そのように育てられたのだから。

「ご苦労。どれ、今日は何人ほど編入の予定だ？　ふむ、2年生がふたり……、か」

隆由はわかりきったことを敢《あ》えて口にした。緑林学園への編入とは、いわばヘッドハンティングである。その事務的な段取りは、すべて葛葉が仕切っている。いつ誰が編入されるかは、理事長である隆由に当然事前に知らされていた。にもかかわらず彼が書類を眺めて愉快そうにひとりごちるのは、淹《い》れたてのキリマンジャロの香りとともに、生贄《いけにえ》となる少女達の写真を楽しむ儀式なのである。

「面接は午後からの予定となっております」

秘書の言葉に頷《うなず》いた隆由がコーヒーを啜《すす》る。品のよい酸味と苦味が口の中に広がった。

「ふむ、君が以前在籍していた学校の成績は見せてもらったよ。素晴らしいものだな」

手もとの書類を見ながら隆由が口を開く。巨大な執務机を挟んで立つ、普通科編入候補者の瀬川月奈《せがわつきな》が「ありがとうございます」と応じながらも、さも当然だと胸を反《そ》らせた。

「これだけの成績なら、あとは予備校にでも通うなりすればよいのではないのかね？」

「わたしは常に質の高い教育を受けたいと考えています」

「ふむ。つまり、以前の学校の教育レベルには不満があったということかね？」

「率直に申し上げればそうなります」

セーラータイプの襟《えり》のブラウスとモスグリーンのスカート、その上にクリーム色のカーディガンをまとった月奈は、いささかレンズの厚いメガネの奥から自信に満ちた眼差《まなざ》しを送っている。もっとも彼女の見せる自信は、過剰をとおり越して傲慢《ごうまん》でさえあった。

「敢えて、この学園を選んだ理由は何かね？」

「父が転勤になりまして、この地区に引っ越してくることになりました。そこで、この地区で最も偏差値の高い貴校を選ばせていただきました」

「なるほど。確かにこの成績なら、我が校でやっていくのになんの問題もないだろう」

「恐縮です」

口ではそう言いながら、やはり当然だというニュアンスが滲《にじ》んでいる。しかも月奈は、それを隠そうともしない。

「謙遜《けんそん》することはない。我が校には君のような生徒こそ相応《ふさわ》しいと考えている」

隆由が社交辞令を返すと、そんなセリフは聞き飽きたとばかりに鼻を鳴らす月奈。どこまでも尊大な態度を取る娘だ。けれど彼女は知らない。自らの意志で選んだと思ったことが、父親の転勤に伴う引っ越しという話が持ち上がって以来、学校同士の水面下での密約によってすでに決まっていたということを。そのために月奈がもといた学校の教師達は、敢えて彼女を引き留《と》めず、むしろ積極的に緑林学園への転入を勧めたほどである。

執務机の上に両肘《りょうひじ》をついて指を組んだ隆由は、目の前に立つ秀才少女を値踏みするように冷ややかな視線を投げかけた。

「そうそう、ひとつ伝えておこう。君がこの学園でトップを獲《と》れると思っているのなら、それは大きな間違いだ。君に匹敵する成績の女子生徒を、わたしはひとり知っている」

「それは誰ですか？」

問い返す月奈の瞳《ひとみ》にメラメラと炎が燃え上がる。

「おいおい、そんなに焦らないでくれたまえ。後日行われる校内模試《もし》でわかることだ」

「わたしは負けません」

「ほお、自信たっぷりだね」

隆由が言うと、月奈は鼻で笑った。

「自信ではありません。わたしが勝つのは必然なのです」

「ハハハッ、そこまで言い切るかね。実に頼もしいことだ」

「まるで、その生徒には勝てないとおっしゃっているようですね……？」

「いやいや、癇《かん》に障《さわ》ったのなら謝るよ。すまなかった」

反論に身構えていた月奈だったが、あっさり謝罪され、拍子抜けしたように肩の力を抜く。そうして再び、他人を見下すかの如《ごと》き態度で口を開いた。

「模試の結果を見ていて下さい」

「うむ、楽しみにしているよ」

「では、失礼します」

言うが早いか、月奈は自分から面接を切り上げ、さっさと理事長室を出て行ってしまった。残された隆由は苦笑まじりにため息をつく。

「まあ、いいさ。しかし、気になるのは……」

月奈に関する書類に目を落としながら、隆由は内線で秘書の葛葉を呼びだした。1分と経《た》たずに真紅のスーツをピシリと身に着けた秘書が室内に姿を見せる。

「ご用でしょうか？」

「うむ、瀬川月奈のことで少し気になることがあってな……」

　隆由は月奈の書類を差しだした。

「彼女の父親のことなのだが、どうもにおうのだよ。調べてみてくれ」

　書類によれば、月奈の父親は大手製薬会社の開発3課長となっている。だがその会社とは、緑林学園同様に玉越グループの一翼を担う率黒《りっこく》製薬との熾烈《しれつ》な開発競争に敗れ、1カ月ほど前に大リストラを敢行したことがマスコミに取《と》り沙汰《ざた》された企業だ。

「わかりました。では、次の面接をお願い致します」

　あたかもスーパーモデルのような足取りで出ていく葛葉と入れ違いに、硬質の髪を両耳の後ろで結んだ制服姿の少女が理事長室に入ってきた。ロゼ色のベストとプリーツスカートが室内を照らす灯《あか》りに映える。彼女は芸能科編入候補の水越《みずこし》二海《ふみ》。すでに小さなタレント事務所に所属するアイドルの卵である。彼女の編入は、学校同士ばかりでなく、所属事務所さえも加わった三者の共同謀議だった。むろん、二海はそのことを知る由《よし》もない。

　形式的な挨拶《あいさつ》を交わし、隆由は早速質問を始めた。

「この学園に転入を希望する理由が将来の夢が歌手だからとは、どういうことかね？」

「あたし、佐伯典絵さんが目標なんです」

　佐伯典絵は緑林学園芸能科3年に籍を置く現役女子高生アイドルだ。10日ほど前の学園編入と同時に短い休業からカムバックし、再び芸能界のトップ目指して走りだしている。しかも、復帰から日が浅いにもかかわらず、以前にも増して人気はウナギ昇りだった。

「確かに佐伯典絵くんはここの生徒だが……。アイドルになりたいのなら、ここよりも適切な学校があるのではないかね？」

「あたしは、ただのアイドルにはなりたくありません。佐伯典絵さんのようになりたいんです。一度芸能界から身を引いてからの復活劇。まるで不死鳥のようです！」

そう言う二海の瞳はキラキラと輝いていた。少女が典絵に相当熱を上げていることは、続くセリフで決定的になる。

「だからあたし、少しでも典絵さんの傍《そば》にいたいんです！」

アイドルとは偶像を意味する。二海にとって、まさに典絵は偶像なのである。彼女は、典絵が一時期芸能界から姿を消した理由を知らない。そしてまた、復活を遂げることができた理由も。だからこそ二海にとっての典絵は、尊敬と憧憬《どうけい》に満ちた偶像であり、目標とすべき理想の存在なのである。それが彼女にとっての真実なのだ。

よく〝真実はひとつ〟という言葉を耳にする。だがそれは、神の目から見た事象はひとつでしかないと言っているのであって、視点を人間の目線まで下げた途端に意味合いが変わってしまう。なぜなら、同じ事象を目撃しても、人それぞれ受け取り方が違うからだ。各々《おのおの》の人にとって、自分が見たままがすべてではない。そもそも人間の記憶とはあやふやだし、まして先入観などが加われば容易に事象は脚色される。それでも、各人が自分の記憶を信じるなら、真実は人の数だけあることになるのだ。実際、唯一絶対の真実を皆が共有していれば、この地球から争いごとなどなくなるに違いない。けれどしかし、21世紀になった現在でも、世界のどこかで争いは続いている。

真実はひとつではない。二海にとっての理想の存在は、隆由にとって道具のひとつである肉奴隷でしかない。二海をはじめ多くの若者がアイドルとして眩《まぶ》しく仰ぐ少女は、隆由の単なる生贄のひとりでしかないのだ。そう。アイドルなど所詮は大衆を満足させるための生贄でしかない。大衆も、彼らを扇動するマスコミも、常に生贄を欲している。その証拠に、ひとたびスキャンダルを起こしたアイドルは、ノゾキ趣味塗《まみ》れの大衆に支持されたマスコミの格好の餌食《えじき》ではないか。それを生贄と言わずして、なんと言う。

隆由は二海に気づかれぬよう小さく笑った。

「君の熱意はよくわかるが……。正直なところ、この学園に入ったとしてもアイドルとしてやっていける保証はどこにもないのだよ。ここは某学園と違ってアイドルを大量生産するための施設ではないのだ。学問の分野でも高いレベルを要求される。佐伯典絵くんも例外ではない。佐伯くんは人気アイドルだが、だからといって今の彼女の成績が悪いかといえばそうではない。彼女が歩んでいるのは、いわば茨《いばら》の道なのだ。わかるかね？」

「はい」

「何も脅してるわけではないのだよ。だが君に佐伯くんと同じ覚悟があるかどうか……」

隆由の言葉を、二海の決意に満ちた声が遮る。

「覚悟ならできています！」

「その言葉に偽りはないね？」

二海は唇を真一文字に結び、力強く頷いた。

「そうか。ならば君の覚悟がいかほどのものなのか見せてもらえるかね？」

「はい。わかりました」

「うむ。では、早速見せてもらおうか」

「あの、理事長……。どうやってあたしの覚悟を見せればいいんでしょうか……？」

「君が目標とする佐伯典絵くんがしたことと同じことでだよ。さあ、こちらへきたまえ」

そう言って隆由は立ち上がり、隣室へと通じる扉を開けた。その先には、窓ひとつない空間が広がっている。内装はほぼ理事長室と変わらないが、部屋の中央には、マホガニーのデスクの替わりにキングサイズのベッドが置かれていた。

長身の隆由が、小柄な少女の肩を抱くようにして部屋の中へ案内する。頑丈な木製の扉が閉ざされると、さすがに二海も眉《まゆ》をひそめた。

「あの……、ここで何を……？」

「ここは佐伯典絵も経験した試練の部屋。君は彼女同様に捧《ささ》げることができるかね？」

「捧げるって……、何を、ですか……？」

「君の身体《からだ》を、わたしに、さ」

「えっ？」

少女の表情が見るみる強《こわ》ばっていく。隆由はその様子をさも愉快そうに眺めた。

「わたしは芸能界にも顔が利《き》くのでね。佐伯典絵を強力にプッシュしたのは他でもない、このわたしなのだよ」

「そ、そのために佐伯さんは、理事長に抱かれたっていうんですか……？」

「そのとおり」

初めて知らされる衝撃の事実。が、二海はそれをすんなりとは受け入れられなかった。

「う……、嘘《うそ》です！」

「事実だ。君が佐伯典絵の何を知っているというのだ？　芸能界の何を知っていると？」

二海は答えられなかった。現実を何ひとつ知らない小娘の青臭《あおくさ》さを鼻で笑い、隆由は自分の持つ裏の顔を露《あらわ》にしていく。

「君は佐伯典絵という人間をＴＶや雑誌、あるいはＷＥＢなどのメディアを通して見ているだけにすぎない。それで佐伯典絵の本当の姿がわかるなどとは、とんだお笑い種《ぐさ》だな。芸能界というところは表向きは華やかだが、その裏側は金の亡者達が群がる地獄の釜《かま》の底そのものだ。君の想像を超越した世界なのだよ。さっきも言ったが、何も君を脅しているわけではない。この先、芸能界で生きていくのなら嫌でも思い知ることになるのだから」

隆由は神妙な面持ちとは裏腹に、心の内でニタリと笑った。この小娘をポスト佐伯典絵として育てれば、新しいオモチャが手に入る上に、ますます緑林学園のステータスが上がるというものだ。その代価たる彼女のもといた学校や事務所への援助など、微々たるものにすぎない。

「1年間で何人のアイドルが誕生し消えていくか、その理由を考えてみるといい。だからこそ、君が芸能界の荒波に耐えられるかどうか、このわたしが試してやろうというのだ」

不意に隆由の腕が二海の肩を掴《つか》み、有無を言わさずベッドの上へと押し倒した。

「きゃあっ!?」

「ククッ、おとなしくしろ。これが最終面接というやつだよ。面接官であるこのわたしとスキンシップを図ろうではないか」

「いやぁっ！　放してぇっ！」

「どうせいずれは、典絵同様身体で仕事を取ることになるのだ。今のうちから練習しておいたほうがいいだろう？」

素早くスカートを剥《は》ぎ、飾り気のない下着を強引に引きちぎる。

「きゃぁぁぁっ！　やめてぇぇっ！」

「フハハハッ、処女の香りがプンプンするぞォ！　こいつは堪《たま》らんなァ！」

細い両脚をバタつかせ、両腕を振り回して抵抗する二海。だが隆由は、その両腕をむんずと掴んで少女の上に馬乗りとなり、柔らかなシーツの海へ華奢《きゃしゃ》な身体を押しつけた。

「そこまで嫌がることもあるまい。これで人気アイドルへの道が開けるのだから」

「ど、どうして……、こんなことするのっ⁉」

「些細《ささい》な代価だよ。大人《おとな》の世界とはそういうところなのだ」

二海は言葉を失った。今まで自分が築き上げてきた価値観が音を立てて崩れていく。理想と現実のギャップというには、あまりに残酷だった。そんな一瞬の隙《すき》を衝《つ》き、隆由は手早く己《おのれ》の分身を解放した。降ろした腰をずらして二海の両足首を掴み、股《また》を広げ、いきり勃《た》つ怒張を割り開かれた秘裂へと突撃させる。亀頭《きとう》の先端がズブリとメリ込む。

「うあぁぁぁぁーっ！　いっ、痛いよぉぉっ！」

「なァに、痛いのは初めだけさ。すぐにお前も気持ちよくなる」

陳腐なセリフである。言いながら、隆由自身ゲラゲラ笑っていた。古来から生贄は処女と相場が決まっている。

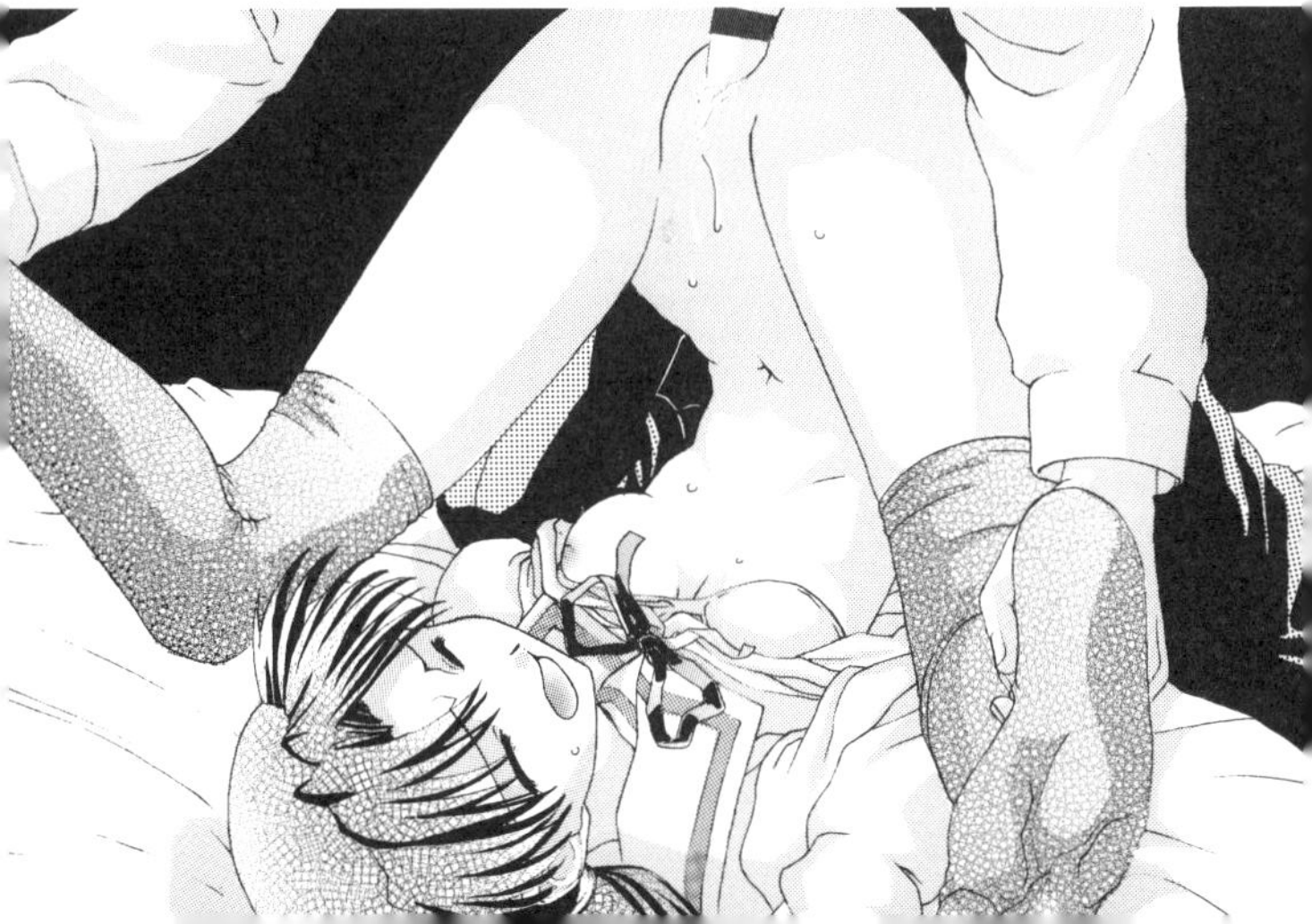

権力におもねる暗黒の相場である。穢《けが》れを知らぬ乙女《おとめ》を散らすのは、いつの世も力ある者なのだ。破瓜《はか》の血に濡《ぬ》れた窮屈な秘腔《ひこう》を剛直が深々と貫く。そのまま腰をガンガン振った。情け容赦のない抽送に、二海が悲鳴をあげる。

「くあぁっ！　うああ……、痛いよぉっ！　抜いてぇ……、お願いぃぃっ！」

体内を貪《むさぼ》る肉棒を抜いてもらいたい一心で口にしたセリフは、しかし隆由の思う壺《つぼ》だった。口もとを醜く歪《ゆが》め、卑猥《ひわい》に舌舐《したな》めずりをしながら、分身をより激しく突き立てる。

「そうか、そうか。お前の身体で、わたしの精を抜いて欲しいというわけか！」

「そ、そんなぁぁっ！　意味が違うぅぅっ！」

下品な笑いに合わせて躍動する腰。獰猛《どうもう》な大蛇が狭い肉壺の中をのたうち抉《えぐ》る。身を引き裂かれ、体内を貫かれる少女は、しだいに痛みの感覚が麻痺《まひ》し始めていた。

「くぅぅっ！　んああ……、やめてぇっ！　お……、お願いぃっ！　許してぇぇっ！」

「何を言うか。そろそろお前も気持ちよくなってきただろう？　お前のアソコもグイグイ締めつけてくるぞォ！」

隆由は体重をかけて二海にのしかかり、さらに深く結合する。

「ひぃぃぃぃっ！　いやぁぁ……、ふっ、深いっ！　深いぃぃっ！」

「ククク、奥に当たっているのがわかるだろう？」

二海の秘部に下腹部を押しつけ、隆由は腰をグラインドさせた。結合部の内と外で、グリグリ擦《こす》れ合う肉と肉が鈍い刺激を刻み込んでいく。

「ふあぁぁ……、あっ！　あぁぁんっ！」

ふと、二海の声に変化が生じる。それを隆由は聞き逃さなかった。

「ククク ッ！　今、感じただろう？」

「そ、そんなこと……ないもんっ！」

「ハハハッ、そうかそうか。奥が感じるのか」

隆由は嬉々《きき》としてなおも腰をグラインドさせた。

「あぁぁっ！　ダメぇっ！　そこは、ダメぇぇっ！」

「何がダメなのだァ？　一気にお汁が溢《あふ》れだしてきたぞォ」

その言葉どおり、あれほど拒んでいた二海の秘所がグチュグチュと淫靡《いんび》な音を洩《も》らしだす。粘りけのある水音の正体が、破瓜の血によるものか、あるいは本当に淫蜜《いんみつ》が滲みだしたのかは定かではない。けれど、感覚の麻痺した二海が、隆由の言葉責めに屈してそう思い込まされたとしても不思議はない。現実逃避を行う人間の思い込みは、時として肉体をも反応させることがあるのだ。

「んは……、あうぅん……、はあぁっ！　あっ、あっ！　ひあぁぁ……、んくぅぅっ！」

「どうだ？　今度こそ気持ちよくなってきたろう？　お前のアソコはもう濡れ濡れだぞ」

「いやぁぁ……、言わないでぇぇ！　あぅぅん……、んふっ！　はぁぁっ！」

羞恥心《しゅうちしん》が殊《こと》さら少女の感情を煽《あお》った。我知らず、火照《ほて》る肉体が愉悦に染まっていく。決して気持ちがいいわけではないのに、感情の高ぶりが抑《おさ》え切れない。自分が自分でなくなり、何がなんだかわからなくなる。そこへ、隆由が畳みかけた。

「ククク ッ、こうして気持ちよくなれる上に、人気アイドルへの切符を手に入れられるのだ。お前は実に運がいいぞ！」

「そんなぁ……！　こんなことで……。もう……、やめてぇっ！　もう、ダメぇぇっ！」

「ハハハッ、イきそうなのだな？　初めてでイくのか？　この淫乱め！」

イく……？　これが？　二海は信じられなかった。しかし、下腹部に膨れ上がった何かが、彼女の体内をジワジワと這《は》い昇ってくる気配がする。

「ふあぁぁっ！　なっ、何か……くるっ！　あぁぁ……、きちゃうよぉおっ！」

「ククッ、いくぞ！」

叫んだ隆由は限界まで張り詰めた肉棒をヴァギナから引き抜くと、茫然自失《ぼうぜんじしつ》の表情を浮かべる二海へ狙《ねら》いを定めた。瞬間、大量の精液が迸《ほとばし》り、喘《あえ》ぐ少女の顔を白濁で汚す。

「うあっ⁉　ひっ！　いや……、いやぁぁぁぁぁぁぁぁぁぁぁ……！」

顔中に浴びせられた白濁を泣きながら制服の袖《そで》で拭《ぬぐ》う二海。一方の隆由は、哀《あわ》れな生贄を見降ろして満足げに頷くのだった。

数日後……。定例の理事会を終えた隆由は、秘書の葛葉とともに廊下を歩いていた。

「それにしても、3年生の一部に成績低下がみられるというのは、由々しき問題ですね」

「うむ。国内屈指の一流大学進学率を誇る我が校に、よもや落ちこぼれが混ざっていたとはな……。理事達も相当動揺していたようだ」

「校長は、まだまだ焦る時期ではない、と言っていましたが……」

「確かにそうかもしれん……。だが、心配の種は尽きんな」

隆由が口にした〝心配〟が、生徒達に向けられたものでないのは明らかだ。彼は教育者ではなく経営者なのである。心配ごとは学園の運営に関するものが常だった。

「時に、例の件はどうなっている？」

「瀬川月奈の父親の件ですね？　これが報告書です」

歩調を緩めることなく、葛葉はさり気ない動作で、手にした資料の束から数枚の書類を手渡す。受け取った隆由も、これまた何喰《なにく》わぬ顔で書類に目を通した。

報告書には、月奈の父、瀬川卓《すぐる》が勤める製薬会社での大幅なリストラ策が記述されている。それによると、関連子会社も含めて約1万人を解雇したとある。もちろん、複数ある研究開発部門でも極めて採算性の低い部署の課長を務めていた卓も、その対象だった。

隆由は小さく鼻を鳴らす。彼の嗅覚《きゅうかく》は正しかった。月奈の父親の会社名を編入に伴う書類で読んだ時、ピンと閃《ひらめ》くものがあったのだ。さらに先を読み進めると、一家の主がリストラされた事実を娘どころか妻も知らない、とあった。その理由としては、卓のプライドの高さが尋常でないことがあげられている。結果、彼は家族に転勤と偽り、逃げるように引っ越してきたというわけだ。

かつて勤めた会社のライバル企業と関連のある学園に娘を通わせる決断をしたのは、ある意味自分をクビにした会社へのささやかな反逆なのかもしれんな。なんにしても、あの娘にしてこの父あり、か。心の中でほくそ笑みつつ目を通す最後のペーパーには、瀬川家の現状が記されていた。退職金も支払われずに現在は職安へと通う毎日の卓は、愛娘《まなむすめ》を緑林学園へ編入させるための学費を借金によって賄《まかな》っていた。しかもその借金とは、消費者金融からのものである。もともと窓際族的な立場にあった卓に、多くの蓄えがあったわけではない。にもかかわらず、プライドの高さから中流以上の生活を維持し、かつその状況を継続させるために、手持ちの金だけでは引っ越しの費用を捻出《ねんしゅつ》することさえ困難であった。親族に己の恥部をさらして援助を乞《こ》うことを潔しとせず、とはいえ銀行からの融資を受けられるはずもなく、結局は高利貸しに借金をするしかない。その額面から推測して、もはや瀬川家の台所が火の車なのは明らかである。失業手当以外に収入のあてのない卓には高額な借金の返済は不可能だ。当然、このままでは来月以降の学費を払うこともままならないだろう。報告書はそう締め括《くく》っていた。

「うむ、ご苦労だった」

「いいえ、大した手間ではありませんでした」

今は休み時間の最中。ふたりの歩く廊下には何人もの生徒達が往来している。本来なら人目をはばかる書類ではあるが、隆由はまったく気にしなかった。いや、むしろ彼の態度があまりにも堂々としているので、行き交う生徒達も不審に思わない。それは、人間の持つ思い込みを逆手に取った行為だった。

「そういえば理事長、瀬川月奈の模試の成績をご存じですか？」

不意に、思いだしたような口調で葛葉が問いかける。隆由が首を横に振ると、彼女はかすかに笑みを浮かべて答えを口にした。

「学年トップですわ」

「ほほお！　わたしに啖呵《たんか》を切っただけのことはあるな」

「ですが、同順1位なんです」

「ハハハッ。なるほど、そういうオチか」

報告書の内容もさることながら、模試の結果を知らされた隆由は、堪《こら》えきれずにとうとう笑いだしてしまう。つくづく哀れな娘だ。まさに生贄に相応しい。そんなことを考えていると、理事長室のある別館への通路の手前で生徒達の人垣に出喰わした。ちょうど、校内模擬試験の成績順位が張りだされた掲示板のある辺りだ。人垣の向こうからは何やら喧《やかま》しい女子生徒の声が聞こえてくる。

「なんですって⁉　今のは聞き捨てならないわ！　もう一度言ってもらおうかしら⁉」

声の主は瀬川月奈だった。生徒達の頭越しに人垣を覗《のぞ》き見ると、そこにはもうひとり別の女生徒がいる。月奈の面接時に、彼女に匹敵する成績の持ち主と隆由が伝えた菊川《きくかわ》みずきという娘である。順位表の前で対峙《たいじ》するふたりの様子は、かなり険悪な雰囲気だった。

「何度でも言ってあげるわ！　あなたがわたしと同じ順位だなんて、何かの間違いよ！」

言いながら、みずきが掲示板に張られた順位表をバンッと平手で叩《たた》く。対する月奈も、負けじと掲示板を拳《こぶし》で叩き返した。もの凄《すご》い打撃音に周囲の生徒がビクリと首を竦《すく》める。

「間違いなんかじゃないわ！　あなたの成績のほうこそ、採点ミスか何かじゃないの⁉」

人垣越しに様子を窺《うかが》う隆由と葛葉は、半ば呆《あき》れて顔を見合わせた。

「やれやれ、早くも女のバトル勃発《ぼっぱつ》か……」

「見るからにウマが合わなさそうですね……」

ふたりがいることに気づかない月奈は、腰に軽く手を当ててメガネの奥の瞳を鋭く光らせる。あからさまに相手を見下した表情だ。

「まったく、いきなり現れたと思ったら理解しがたい言いがかりをベラベラと……」

「い、言いがかりなんかじゃないわよ！」

「百歩譲って、あなたがわたしと同じ成績だったとしましょう。でも、それ以外の部分はてんで子供ね。小学校からやり直したほうがいいんじゃなくて？」

「なっ⁉」

怒りに顔を真っ赤にしたみずきが反論を口にする前に、月奈の冷めた声が廊下に響く。

「いいわ、あなたの成績だけは認めてあげる。でも、それ以外は何ひとつ認めないから」

隆由と葛葉が唖然《あぜん》として事態の推移を見守る中、完全にコキ降ろされたみずきは唇をワナワナ震わせながら月奈を睨《にら》みつけた。

「あなたにそこまで言われる筋合いはないわ！」

「あるわよ」

「どこにあるっていうのよ⁉」

月奈はわざとらしくため息をつき、大袈裟《おおげさ》に肩を竦めて見せる。哀れみを込めた眼差しがみずきを見やった。いちいち芝居《しばい》がかった仕種である。

「それを言ったら、あなたはもう立ち直れないわ。そんな簡単なことにも気づけないなんて……。やっぱり、あなた子供ね」

人垣の外から冷静に眺める隆由と葛葉には、月奈のセリフが単なるハッタリだと容易に理解できたが、当事者であるみずきはそうもいかない。月奈に挑発され、今にもキレそうである。それこそが月奈の計略であった。彼女は、相手を怒らせ、貶《おとし》め、最終的には意識の中に敗北感を植えつけようと画策していたのだ。そしてついに……。

「ムキィーッ！　悔しいィー！」

すっかり冷静さを失ったみずきが、腕を振り回して地団太を踏んだ。その姿は滑稽《こっけい》でさえある。同順1位であるにもかかわらず、誰の目にも勝者と敗者ははっきりしていた。

「覚えてらっしゃい！　次回は必ず、ぎゃふんと言わせてあげるわ！」

「オーホッホッホッホッ！　いつでもかかってらっしゃい！」

逃げるように走り去るみずきの背中へ、月奈の傲慢な笑いが追い打ちをかける。脅威《きょうい》となる相手を完膚《かんぷ》無《な》きまでに叩き潰《つぶ》すつもりなのか、まるで容赦がない。もっともそんな月奈の策略も、隆由から見ればまだまだ子供の戯《ざ》れ言《ごと》だった。

「よし、瀬川月奈を理事長室へ呼んでくれ」

「どうなさるおつもりですか？」

「クックックッ。さて……、どう料理してくれようか」

ギラリと輝く野獣の瞳。隆由は姿勢を正すと再び廊下を歩きだした。あの気の強い娘を堕《お》とすのはさぞかし快感だろうと思いながら。


「模試の結果は見ていただけましたか？」

理事長室へ連れてこられた月奈は、葛葉が退室するなりそう言った。不敵な微笑《ほほえ》み、挑戦的な眼差し。それは、自分に絶対の自信を持っている者の目だ。

「うむ、もちろんんだ。菊川みずきくんと同順とはいえ、結果は素晴らしいものだったよ。

君のような生徒を我が学園に迎え入れることができて、わたしも誇らしい」

「ありがとうございます。今回は彼女を倒しきることはできませんでしたが、次回は必ず勝ってみせます。いいえ、すでにわたしが勝ったも同然です」

「そうか。君には期待しているぞ。ぜひともこの調子で頑張《がんば》ってくれたまえ」

「はい。ご用はそれだけなのですか？」

そんなことでいちいち呼び出されたのかと言わんばかりの口振りである。この傲慢な娘を待ち受ける過酷な運命に思いを馳《は》せ、隆由は思わずニヤリと笑みを浮かべた。

「まあまあ、本題はここからだよ。実は君のお父様のことなのだが……」

途端に、月奈が訝《いぶか》しげな様子で眉間《みけん》にシワを寄せる。

「君のお父様が今なんの仕事をしているか知っているかね？」

「大手製薬会社に勤めていますが……。それが何か……？」

「いや、それが事実なら何も問題はないのだよ」

言葉の真意がわからず、月奈は隆由を睨みつけた。対する隆由は平然と続ける。

「単刀直入に言おう。わたし達の調査によれば、君のお父様は現在無職になっている」

一瞬、ポカンと口を開け、メガネのレンズの奥で瞬《まばた》きを繰り返す月奈。

「あの、何をおっしゃられているのかよく理解できないのですが……？」

「ふむ、君がそう反応するのも仕方のないことだ。お父様は、君ばかりか、君のお母様にまでこの事実を隠しているのだからね」

そう言って隆由は、彼女の父親に関する報告書の内容を一言一句読み上げる。父親が勤める会社で大規模なリストラが行われたことは知っていたものの、あくまで父は部署の異動に伴って転勤することになったと信じ込んでいた月奈は、隆由の読み上げる内容に耳を疑った。見るみる血相が変わっていく。

「そういうわけで、お父様もリストラされたのだよ。バッサリ首を切られたのだ」

「父がリストラ……なんて……。う、嘘です……！」

月奈の声は上擦《うわず》り、先ほどまでの自信に溢れた態度は消え失せていた。

「嘘なものか。しかし、お父様は家族にそのことを告げる勇気を持ち合わせてはいなかったのだよ。そして逃げるようにこの街に引っ越してきた。20年以上会社に尽くし、社畜になり下がった男の哀れな末路だ」

「父はそんな無能な人間じゃありません！　いい加減なことを言うのはやめて下さい！」

父親への尊敬からか、あるいは自身のプライドを傷つけられた痛みからか、怒りを露にした月奈は叫ぶように言い放つ。だが、そんな彼女に隆由は哀れみの眼差しを送った。

「いきなりこんなことを言われて信じられないのも無理はないが……、事実なのだよ。腕のいい興信所に調査させた結果だ」

ところが、隆由の言動に対して、月奈が思わぬ反撃に転じる。

「ふざけないで下さい！　笑えない冗談ですよ。大方、調査代欲しさにいい加減な報告をしたんじゃないんですか？」

崖《がけ》っぷちで辛うじて踏みとどまり、挑戦的な笑みさえ浮かべる月奈。だが、隆由は動じず、執務机に備えつけられた電話の受話器をおもむろに掴んで少女へと差しだした。

「どうあっても信じられないのなら、お父様の携帯に電話をかけてみるといい。きっと今頃、職安で必死に仕事を探しているだろうからな。さあ、ここでかけたまえ」

一瞬の躊躇《ちゅうちょ》。プライドの高い秀才少女は、口もとに笑みを貼《は》りつけたまま、その表情に堅さを増していく。まさか……という思い。そんなはずはない……という思い。けれど、知りたくない……という思い。月奈の中で、いくつもの思いが渦を巻いていた。

「どうした？　かけられないのかね？　まあ、年齢の割にしっかりしたところのある君だが、父親が失業者……という現実は受け止めるには重いものがあるか」

あからさまな挑発。もう少し人生経験を積んでいれば軽くいなせもしただろうが、彼女はあまりに若い。キッと隆由を睨み、ぎこちない動作でコードレスフォンを手に取った。

「そうさせて頂きます」

苦々しく言い捨て、ダイヤルボタンを押す。長い間のあと、受話器の向こうから聞き慣れた声が届いた。月奈の脳裏に、自信に満ちた父の顔が浮かぶ。記憶の中の父に勇気づけられ、安堵《あんど》したのも束《つか》の間《ま》、父の声の後ろに聞こえる騒がしい気配に不安が甦《よみがえ》る。

「お父さん、わたし、月奈。今どこにいるの？　会社……？　本当に、会社にいるの？　周り……、騒がしい……よね？　外回りとかじゃないの……？」

胸にわだかまる疑念。しだいしだいに声が震えていく。強く耳に押しつけるコードレスフォンを抱えるようにして、月奈は隆由に背を向けた。それはある意味、無意識の防衛本能のなせる業《わざ》だろう。事実月奈は、酷《ひど》くうろたえ、動揺していた。なぜなら、心の中で必死に否定しながらも、リストラの話を問いただす彼女の耳に届く父の声は、あまりにも歯切れ悪く、沈痛な響きを滲ませていたのだから。

「よく聞こえないよ。お父さん、地下とかじゃないの？　電車にでも乗ってる？」

余裕の失われた表情、震える声、色褪《いろあ》せた顔色。目の端に、かすかに光るものが滲みだす。そんな月奈を、隆由は笑いを噛《か》み殺して眺めていた。この瞬間はいつもこうだ。信じていたものが壊れる瞬間。他人の不幸は隆由をどうしようもなく幸福にする。勝者の優越が生きている実感を鮮烈に与えてくれる。そうして……。

「嘘、ついてたんだ……。ううん、わたしこそゴメンね。お父さんだって辛《つら》いのに……」

短い沈黙のあと、月奈は電話を切った。ノロノロと振り返り、震える手に握ったコードレスフォンを隆由に差しだす。残酷なコントラストが、渡す側と受け取る側にあった。

「気は済んだかね？」

放心したかのように黙り込む月奈を眺め、隆由が言う。

「さて、次の話に移ろうか。君のお父様は、すでに複数の消費者金融から借金をしているようだね。それを君の学費や生活費に充《あ》てられている」

いったん言葉を切り、ニタリと笑って煙草《たばこ》に火をつける。

「人様の台所事情に首を突っ込むのは趣味ではないのだが、いかんせんわたしも経営者なのでね。そこで問題となるのは、来月の学費のことなのだよ」

「来月の……学費、ですか……？」

普段の明敏さのカケラも見せず、月奈はただ言われたことにだけ反応した。

「うむ、おそらくお父様がこれ以上借金をするのは無理なのではないかと思われる。さりとて現在のお父様には収入のあてがない。これは由々しき事態だよ」

屈辱に打ちのめされ、悔しそうに唇を噛む月奈。一方、ニヤニヤと下卑《げび》た笑いを貼りつける隆由は、いよいよやってくるであろうクライマックスを心の底から楽しんでいた。

「ここで君を退学させてしまうのは簡単だが、それはあんまりだとわたしは考えている。それに、君のような前途有望な生徒を失うことは我が学園にとっても大きな損失だ。しかし、経営者という立場上、学費を払えない者を在籍させておくわけにもいかない。そこでだ。今回は例外ということで、君を特待生にし、学費を免除してもよいと考えている」

「ほ、本当ですか⁉」

「うむ。しかし条件がひとつある。君には、わたしの奴隷になってもらう。ようは身体で学費を払ってもらうということだ。安いものだろう？」

「そっ、それが教育者の言うセリフなんですかっ⁉」

驚愕《きょうがく》の叫びをあげ、月奈が睨む。ほんの一瞬でも期待してしまった自分が悔しい。それがわかっているからこそ、隆由はおかしくて堪らなかった。

「ククッ、そんな怖《こわ》い顔をするなよ。わたしは教育者である前に経営者なのでね。だが、問答無用で退学にするような経営者に比べれば、我ながらずいぶん慈悲深いと思うが？」

「生徒を脅迫するような人のどこが慈悲深いっていうの⁉」

「おいおい、脅迫とは心外だな。これは契約なのだよ。頭のいいお前のことだ、それくらい理解してくれると思ったのだがな」

「あなたなんか人間のクズよ！」

「ハハハッ、光栄だね。そういうセリフを聞くとゾクゾクするのだよ」

「くっ！　わたしをどうする気？」

「言ったとおりさ。わたしの奴隷になれば学費は免除してやる。さあ、どうするかね？」

どうするもこうするもない。最初から月奈に選択の余地はないのだ。父の失業を知った今、学園を中退し、アルバイトでもなんでもして家計を助けることはできる。けれどそれは、借金をしてまで学園に編入させた愛娘への想《おも》いを無にするばかりか、今以上に父を追い込むことでしかない。プライドの高い父のことだ、最悪、自ら命を絶ってしまいかねない。そうさせないために彼女ができることは、父の自慢たる成績優秀な娘であり続け、なおかつ学費という負担をなくしてやることくらいに思える。だからこそ、答えは初めから決まっているのである。もっとも、肉体が蹂躙《じゅうりん》され、屈服させられても、魂は別だ。

「フンッ、男の考えることって最低ね。脱げばいいんでしょ？」

「ハハハッ、別に脱ぐ必要はないさ」

「えっ？　じゃあ……」

月奈の顔がパッと明るくなった。脱がなくていいと言われ、犯されずに済むと考えたのだ。まだまだ小娘だなとばかりに嘲笑《ちょうしょう》を浮かべた隆由が、煙草を灰皿に押しつけた。

「制服というものは脱がせてしまっては意味がないのだよ。それに、脱がなくてもすることはできるだろう？」

またもや期待は空振りだった。いいや、そもそもなぜ期待などしてしまったのだろう。奈落の底へ突き落とされた気がして、蒼《あお》ざめた顔で後ずさる。

「ククッ、いいぞ。その恐怖に怯《おび》えた顔が堪らんな」

「ひ、卑劣よ！」

「この期におよんでまだ駄々《だだ》をこねるか。いい加減に覚悟を決めたらどうだ？」

もはや観念するしかなかった。

「わ、わかったわよ……」

弱々しい呟《つぶや》きに隆由が満足げに頷く。彼は隣室の扉を開け、うなだれる少女を促した。

広い室内の中ほどへと足を進め、月奈は身を硬くする。部屋の中央に置かれたキングサイズのベッドを前にして、逃れられない現実を痛感した。足が竦み、小刻みに震える。

「ただ脱がさずに犯すというだけでは面白味がない。そこでだ」

愉快そうに話す隆由が、部屋の隅《すみ》にあるチェストから手錠《てじょう》をふたつ取りだした。プラスチックでできたそれは、縁日で売っているようなオモチャではなく、米軍特殊部隊・デルタフォースも使用している特別製のハンドカフだ。軽いが、実に頑丈である。

「そんなの……、どうするの……?」

「わからんのかァ? なら、実践してみるしかないなァ」

「きゃっ⁉」

唐突に突き飛ばされ、月奈の身体がベッドの上へ仰向《あおむ》けに転がった。シーツの海に投げだされてもがく月奈。その右手首を掴み、隆由は素早く手錠をかけた。次いで左足首を掴んで、右手首にかけた手錠の反対側を左足首にかける。そのまま、少女を押さえつけ、左手首と右足首にも同様に手錠をかけた。

「ククッ、いい眺めだな」

「嫌っ! 嫌ァ……、見ないで!」

狩人に捕らわれた獲物か、あるいは貢がれた生贄とでもいうべき窮屈なポーズを強要され、月奈がおののく。スカートが捲《めく》れ上がり、木綿のショーツに包まれた柔らかな股間《こかん》が丸見えだ。拘束された手足でなんとか下腹部を隠そうとするが、無駄《むだ》な足掻《あが》きだった。

「ハハハッ、何を言ってるのだ。自分から見せておいて」

「ち、違うわよ！」

「どの辺が違うんだァ？　この辺かァ？」

卑猥な口調で言いながら、隆由の指がプックラ膨らむ媚肉《びにく》を薄布の上から押す。

「いやぁっ！　やめてっ！　変態‼」

「男の前でそんな格好をしているお前のほうが、よほど変態だと思うがなァ」

「これはあんたがやったんじゃないの！」

「口ではそんなことを言っていても、実は悦《よろこ》んでいるんだろう？」

「バカ言わないでよ！」

「では、この下着のイヤラシイ染みはなんだ？」

「そ、そんなの嘘よ！」

もちろん嘘である。だが、隆由はニヤニヤ笑いながら首を左右に振って見せた。世間知らずで頭でっかちな小娘を、淫《みだ》らな言葉で責めるのはなかなかに楽しいものだ。

「嘘なものか。ほォら、こうしているうちにもどんどん染みが広がっていくぞ。ククッ、縛られただけで濡れるとは、実に淫乱な小娘だ」

「ち、違うわよ！　この変態っ！」

「まだわかっていないようだな。これは契約に基づく行為なのだ。学費を払うことのできないお前は、その代わりに自らの肉体で代価を払っているのだぞ。つまりこれは合意の上でのことなのだ。ならばお前も楽しんだほうがよいのではないのかね？」

詭弁《きべん》である。隆由にとって、目の前の少女は単なる生贄でしかない。けれど、今の月奈には反論する余裕もなければ、逃げだす手だてもなかった。それでも頑《かたく》なに、自らの身に降りかかった残酷な運命に抗《あらが》っている。隆由はチャックを降ろし、イチモツを解放した。

「これ以上は時間の無駄だ。お前のような頭でっかちには実技で教育してやらんとなァ」

力強くそそり勃つ肉棒は禍々《まがまが》しいまでのオーラを放っている。隆由は見せつけるように月奈の鼻先に怒張を突きつけた。

「これがお前のアソコにずっぽり入るのだ」

「ひっ！」

恐怖に引きつらせた顔を逸《そ》らせ、月奈がギュッと目をつぶる。その一瞬を逃さず、隆由はショーツをずり降ろすと、ろくに濡れてもいない秘裂めがけて剛直を突き刺した。

「ひぃっ！　嫌ァァァッ！」

「これはまた、ずいぶんときついな」

「痛いっ！　痛いィィッ！　抜いてェエッ！」

未開発の柔肉が、無理矢理侵入した異物を押し戻そうと必死の抵抗をみせる。哀れな生贄の上にのしかかる隆由は、下半身に力を込め、さらに深く月奈の下腹部を貫いた。

「嫌ァッ、嫌ァッ！　嫌ァァァッ！」

破瓜の激痛に身を捩《よじ》り、拘束された両手足をバタつかせる月奈。しかし、見た目よりも頑丈な手錠は、鎖をジャラジャラと鳴らして手首や足首に喰い込むだけだった。

「くあァッ！　ああ……、あぐゥゥッ！　やめてェッ！　お願いィイッ！」

狭い膣《ちつ》の中を存分に味わいながら、隆由の腰が上下に躍動を始める。

「あっ、いたっ！　痛いっ！　そんな……、乱暴にしないでっ！　壊れちゃぅっ！」

懇願の叫びを無視し、ブラウスの胸もとをはだけさせてブラのカップ越しに双丘を揉《も》みしだきながら、処女の

肉体を貪っていく。ロストヴァージンの痛みに耐える月奈は、微妙な動きにも反応して肢《し》体《たい》を震わせる。結合部からは、ついさっきまで処女であった証の鮮血が滴《したた》り、純白のシーツやシーツに染み込んでいく。未発達なヴァギナの強烈な締めつけが凶暴な侵入者にも痛みを与える。けれど、隆由にはむしろそれが心地よかった。

「ククッ、いい締めつけだ。正真正銘の処女だな。頭と違って、アソコは未発達だぞ」

「くっ、あっ！　いたっ！　こっ、こんなの、やだぁっ！」

「ハハッ！　泣け！　喚《わめ》け！」

途端に月奈の表情がガラリと変わった。歯を喰いしばり、睨みつけるような眼差しで凌《りょう》辱《じょく》者《しゃ》を見上げる。最後まで屈服しないという意思表示だ。目《め》尻《じり》に涙の雫《しずく》を浮かべて苦痛に耐える月奈。その表情に、隆由は激しく欲情した。背筋をゾクゾクと快感が駆け上る。

「ほお、いい目だ。なかなかそそるものがあるぞ。だが、果たしてどこまで保《も》つかな？」

月奈は答えず、ひたすら痛みを体内奥深く、意識の底へと押し込めていた。

「いいぞいいぞ。それくらい気が強いと、こちらとしても犯《や》り甲《が》斐《い》があるというものだ」

「くっ！　ん……、うぅっ！　んゥッ！　く……、きゥッ！」

どれほど隆由が突いても、月奈は喰いしばった歯の隙間から呻《うめ》き声を洩らすだけで、決して叫びをあげようとはしなかった。今にもこぼれ落ちそうな涙さえ堪えている。

「ククッ、頑張るなァ」

嘲笑を浮かべ、軽口を叩く隆由。だが、内心は酷く焦っていた。月奈の締めつけがあまりに強く、油断すれば彼自身声を出してしまいそうだった。そこで隆由は一計を案じる。この娘を完全に貶め、かつ屈服させるために取って置きの方法だ。

隆由はニヤニヤ笑い、枕《まくら》もとへ手を伸ばした。指先が小さなガラス瓶《びん》に触れる。さっと小瓶を握り締め、空《あ》いているほうの手で、メガネの載った小振りの鼻を摘《つま》む。

「んふぅっ⁉　んんっ！　んむっんぅ……、ぷはぁぁ……！」

息が続かなくなり、月奈が朱唇を大きく開いた。瞬間、瓶のフタを指で弾《はじ》いた隆由が、琥珀色《こはくいろ》の液体を口の中に注ぎ込む。

「んっ⁉　んぐぅっ！　ぐが……、ゲホ……、ゲホォ！」

かすかにとろみのある液体を、月奈は激しくむせながらも飲んでしまった。渋い苦味が舌と喉《のど》を刺激する。それを見届け、隆由は残りの液体を結合部へと垂《た》らした。

「お前のここは名器だぞ。そろそろ射精《だ》してやろう。膣内《なか》に、たっぷりとな」

「えっ⁉　んくゥッ、な……、な……か、に……？」

月奈が驚愕の表情を見せ、顔色を失う。

「嫌ァアッ、膣内はやめてェエッ！　ダメ、ダメェ！」

恐怖に煽られたのか、締めつけがいっそう激しくなる。

「聞く耳もたんなァ。クク、まだ締まるのか」

「嫌ァッ、ダメエェッ！　許してエェッ！」

月奈が涙を溢れさせ、頭をブンブンと振り回した。後頭部で結っていた髪が解《ほど》け、のたうち乱れる。ところがどうだろう、1分としないうちに、彼女の動きは酷く緩慢になってしまった。涙で濡れた頬《ほお》が緩み、メガネの奥の瞳はドロンと濁っている。だらしなく開いた朱唇の隙間からは、湿った吐息さえ洩れていた。

「ククク……。さっきお前が飲んだ液体は即効性の媚薬だよ。とびきり強力なヤツだ」

「そ……、そんな……、あっ⁉」

月奈の身体がビクンと跳ねる。さっきまでの痛みはどこかに消えていた。替わりに、身を焦がすほどの火照りが、抑えようもない疼《うず》きとともに押し寄せる。

「はうっ！　あぁ……、ダメ……、あぅ……、やめてぇ……、あ……、あぁぁぁん！」

目論見《もくろみ》どおりの展開に、隆由は勝利を確信し、喜びを覚えた。同時に、ジワジワとぬめりを滲ませだした肉襞《にくひだ》の締めつけに、彼の分身も悦びを禁じ得ない。抵抗を放棄《ほうき》して身悶《みもだ》える月奈の手錠を外し、隆由は挿入したまま彼女の肩を抱えて引き起こした。そうしておいて、今度は自分がベッドに仰向けになる。拘束を解かれた月奈は、ちょうど隆由の上に跨《また》がった格好、いわゆる騎乗位の形だ。にもかかわらず、少女は恍惚《こうこつ》の表情を浮かべ、逃げだそうともしない。媚薬の影響があるとはいえ、今や完全に屈服してしまっていた。

「ああ……、あうゥッ！　あはァァッ！　あふぅん……、あぁッ！　あァァッ！」

身をのけ反らせて喘ぎの声を洩らす月奈がブラウスから肩を抜く。隆由はブラをむしり取り、小振りな双丘をさらけださせた。快楽の虜《とりこ》と化した秀才少女がユラユラとヒップを揺するたびに、頂に突起を張り詰めさせた肉の房が揺れる。

「あうッ！　あうゥゥ……、はうゥんッ！　凄いッ！　もっと……、もっとォオッ！」

月奈は隆由の太腿《ふともも》を掴み、腰の動きを一段と激しくした。メガネは半分ずり落ち、辛うじて鼻にかかっているといった程度だ。しとどに濡れた肉襞の締めつけが強まる。

「ハーッハッハッ！　射精すぞ！　射精すぞ！　しっかり感じろよっ！」

「あッ！　あァッ、ああッ！　ふあァ……、はうゥッ！　ひあァァァッ！」

フィニッシュをかけ、自らも激しく腰を突き上げる隆由。彼は「そォら！」とひと声吼《ほ》え、ざわめく肉壺の最奥で、膨張しきった肉棒を爆発させた。

「ふあッ!?　あああ……、はあァァッ！　イくッ！　イくぅぅぅぅぅぅーっ！」

月奈がドサリと隆由の胸に倒れ込む。下半身を痙攣《けいれん》させながら、少しでも多くの空気を肺に取り込もうと呼吸を繰り返す。ドクドクと精液を放出するイチモツを、絶頂に達したばかりの肉襞がさらに搾《しぼ》り上げた。やがて、最後の一滴までを膣内に注ぎ込んだ隆由は、余韻を楽しむようにゆっくりとペニスを引き抜いた。破瓜の血と混ざり合った白濁の粘液が、腫《は》れた柔唇からドロリと溢れる。

「うっ、うっ……ううっ、ひっく……、うう……」

わななく朱唇から嗚咽《おえつ》を洩らし、茫然自失で泣きじゃくる月奈。そんな彼女の下腹部では、ヒクつく淫唇《いんしん》が、まだ物足りないとでも言いたげに精液を吐きだしていた。

「クックックッ、これでこいつのプライドはズタズタだな。肉奴隷の完成というわけだ」


ふと気がつくと授業はすべて終わっていた。窓の外では、もうすでに陽が落ちかけている。誰もいない放課後の教室で、水越二海は浮かない顔で鞄《かばん》に教科書を詰め始めた。

彼女の心には、面接時に理事長から受けた凌辱が深い傷となって残っていた。いっそ誰かに話せば楽になれると考えもする。だが、転入してきたばかりで、未《いま》だに以前の高校の制服を着ているような二海には、ことを打ち明ける友達がいない。むろん親には話せるはずもなかった。自分のワガママで転入させてもらったのだ。これ以上心配させるようなマネはできない。とはいえ、ひとりで抱え込むには大きすぎる悩みだった。このところ、眠れない夜が続いている。そして、いつも最後に思い浮かべるのは佐伯典絵のことだった。

理事長は、典絵も身体を捧げたと言った。本当のことだろうか？　彼女も理事長に取り入るために、あんなことをしたのだろうか？　あんな汚らわしい行為を……。

いたたまれなくなった二海は、鞄を掴み、教室を出ようとした。その時……。

開け放たれた教室の扉の前をひとりの少女がとおりすぎた。鮮やかなオレンジの制服に身を包んだその少女は、見間違えるはずもない憧《あこが》れの人物、佐伯典絵だ。

「佐伯先輩！」

二海は慌てて廊下に飛びだし、典絵を呼び止めた。

「何かしら？」

振り返った典絵の微笑みは、TVに映っている彼女の笑顔とまったく同じだ。二海は転入以来初めて典絵と直接会うことができた感激に、悩みさえ忘れてしまうところだった。

「あの……、あたし、ついこの間転入してきた、2年生の水越二海といいます！　先輩に憧れて、先輩のようになりたくて、この学園への転入を決意しました」

「ありがとう。そう言ってもらえると嬉《うれ》しいわ」

典絵がニッコリと完璧《かんぺき》な笑顔を浮かべる。そう、彼女の笑顔はアイドルとして〝完璧〟だった。見る者の心を掴み、魅力の虜にする。ある意味、計算され尽くした表情だ。

「あの……、少しお時間をいただいてもいいですか？」

「ええ、どうぞ。ちょうど時間が空いていて図書館にでも行こうかと思っていたの」

「ありがとうございます！」

深々と頭を下げる二海。クスクス笑う典絵が、そんな彼女の肩にそっと手を乗せる。

「今のわたしとあなたは学校の先輩と後輩よ。そんなに畏《かしこ》まらなくてもいいわ」

言われた二海は、典絵の優しさに涙が出そうになった。彼女になら自分の悩みを話してもいい、と心から思う。それだけでなく、理事長の言葉の真偽も確かめたかった。

「あの……、あたしの話を聞いてもらえますか？」

「ええ、いいわよ。でも、芸能人の電話番号は、いくら聞かれてもヒ・ミ・ツ」

茶目っけたっぷりに典絵がウィンクする。堂に入ったアイドルとしての仕種である。けれど、まさにそのアイドルとしての典絵の顔しか知らない二海は、自分だけに向けられたウィンクに舞い上がっていた。だからだろう、少女は思いきって口を開く。

「あたし、面接の時に先輩のようになりたいって理事長に話したんです。そしたら理事長が、先輩のようになりたければ……、その……、覚悟を……見せろって……」

それから先は言葉にならず、二海はうつむいたまま押し黙った。

「そう……。そんなことがあったの。辛かったでしょうね」

すっと身を寄せた典絵が、震える肩を優しく抱き締める。

「もう少し詳しく聞かせてちょうだい。あなたの助けになれるかもしれないから」

「はい……。ありがとうございます、先輩……」

礼を言う二海は胸が熱くなった。思わず涙がこぼれそうになる。

出会ったばかりの自分に、これほどの優しさをくれるなんて……。二海は、佐伯典絵を目標としてきたことが間違いでないと確信した。この先どんな苦難が待ち構えていようとも、この人についていこう。心の中でそう誓っていた。

「でも、ここじゃなんだから……。ねえ、ついてきて」

ふたりは場所を替えて話をすることにした。典絵の案内で、本校舎1階の保健室へ移動する。保健室の扉に鍵《かぎ》はかかっておらず、室内には誰もいなかった。典絵は後輩の少女を保健室に招き入れると、部屋の奥にあるベッドの端に腰を降ろした。二海がおずおずと隣に座ると、典絵は再び少女の肩にそっと腕をまわす。

「理事長にどんなことをされたの？」

「その……、理事長室の隣にある部屋の……、ベッドで……。む、無理矢理……」

口籠《くちごも》もる二海は、突然肩を後ろへ引っ張られ、ベッドの上に仰向けに寝転がされた。

「こんなふうに？」

「え……？　せ、先輩……!?」

「フフッ。わたしがあなたを癒《いや》してあげるわ」

「ちょ、ちょっと待ってく……んっ、んむぅっ!?」

驚きに目を丸くする二海の言葉は、典絵のキスによって遮られる。目の前数センチのところで、典絵の瞳が悪戯《いたずら》っぽく笑っていた。緊張に強ばる身を抱き竦め、熱い舌が震える朱唇をこじ開け、口腔内に侵入する。縮こまる二海の舌に、典絵の舌先が絡みつく。

「んんっ！　んむぅ……んっ、んぅんぅ……、んふぅ……んんっ！」

口腔内で蠢《うごめ》く典絵の舌が、後輩の少女の舌を優しく解きほぐす。蕩《とろ》けるような快感に、いつしか力が抜けていく。頭の中がぼーっとし始め、身体中が熱くなった。

「んん……、んぅっ！　ぷはぁ……！　はぁ……、はぁ……、せ、先輩……」

濃厚なキスがようやく終わり、呼吸さえも忘れて快感に酔っていた二海は、なんとか呼吸を整えようとする。それでも、胸の鼓動は高まるばかりだった。

「フフッ、可愛《かわい》い子ね」

細くしなやかな指が、二海の上気した頬を優しく撫《な》でまわす。その一方で、少女の身に覆い被《かぶ》さる典絵は、ベストのボタンをゆっくりと外し始めた。理事長室の一件の時とは異なり、なんら抵抗の気配も見せない二海は、典絵の細い指に見惚《みほ》れていた。

「ああ……、先輩……。先輩の手……、綺麗《きれい》です……」

「ありがとう。二海ちゃんにそう言ってもらえて嬉しいわ」

　ベストのボタンを外し終えた指が、ブラウスの上を這い、ブラのカップごと乳房を優しく包む。ノンワイヤーのシームレスブラに納まる肉房が、繊細な指遣《ゆびづか》いの刺激

に震えた。

「あぁっ！　んは……、あふぅっ！　先輩……、んあぁ……、はぁっ！」

ひとしきり胸を揉みしだいた典絵は、ふと二海の下腹部に手を伸ばした。軽くスカートを捲り、オフホワイトのビキニショーツの中へそっと指先を潜り込ませる。

「フフッ。二海ちゃんのここ、もう濡れてる」

まだ産毛《うぶげ》しかない下腹部の先、数日前に無惨に散らされた秘密の花園は、典絵の指摘どおり、いつしかしとどに濡れそぼっていた。秘裂をまさぐる優しい指の感触に、思わず唇を噛む。やがて、典絵の指が張り詰めた肉の突起を探り当てる。

「ほら、二海ちゃんのおマメ、こんなに硬くなっちゃったわよ？」

「くぅうっ！　あぁ……んっ！　ふぁ……あぅん……、は、恥ずかしいです……」

「もっと感じていいのよ」

言いながら、そっと肉芽を摘んで包皮を剥《む》き、指の腹で刺激を加える典絵。

「ひあっ⁉　あっ！　あふっ、ふぁぁ……！　くふぅぅ……、あぁっ！　んあぁ……！」

「気持ちいい？」

「はいぃ……、気持ち……いいです……、あぁ……！」

次いで典絵は、指先を媚肉の隙間に滑らせた。止めどなく溢れる粘液を指に絡め、ゆっくりと慎重に、ヒクつく柔唇の隙間へと潜り込ませる。隆由の極太な肉棒とは比べものにならぬほど細い典絵の指は、あっさりと肉襞の洞窟《どうくつ》へ呑《の》み込まれた。

「あぁっ！　あ、あぁ……、せ、先輩……、センパァイ！　もっと奥に……。奥にぃ！」

「ええ、わかったわ」

ジュプジュプ音を立てて出入りする指が、徐々に奥へと沈んでいく。根もとまで埋め込ませ、ざわめく肉襞の感触を愉《たの》しむよう、膣奥をグチュグチュと掻きまわした。

「くはぁぁっ！　いいっ、です……！　気持ちいいですっ！　センパァイィィッ！」

「フフッ、イきたいのね？」

「はいぃっ！　もっ、もう……、はうぅっ！　イ、イきそうですぅっ！」

「いいわよ。さあ、イきなさい」

悦楽の涙が伝う頬をペロリと舐め、典絵は指の動きをいっそう激しくする。激しく身悶える二海は、さしたる間もなく絶頂に達してしまう。

「あくぅっ！　ふあぁ……、あぁんっ！　んっ、んあっ、あぁぁぁぁぁぁぁぁーっ！」

ベッドの上で背筋をのけ反らせ、何度も痙攣する二海。目眩《めくるめ》く快感の嵐《あらし》が去ると、少女はシーツの海に身を沈めた。濡れた指をそっと引き抜いた典絵が、新鮮な空気を求めて喘ぐ朱唇にいたわりの口づけをした。短いキスのあと、典絵が言う。

「もう大丈夫よ。わたしがついてるわ」

込み上げる熱い想い。悦楽の余韻と感激に身が震える。ノロノロと典絵の背に腕をまわし、二海は柔らかな胸に顔を埋めた。ところが……。

「さあ、二海ちゃん。理事長のところへ行きましょう？」

思いもよらぬセリフに、二海は耳を疑う。典絵の言葉の意味がわからなかった。

「何を迷っているの？　そんな簡単に夢を諦《あきら》めてしまうの？　もう一度理事長に会って、辛い体験を乗り越えなくちゃ。大丈夫、わたしがついているわ。わたしを信じて」

もしも二海が冷静であったなら、あるいはなんらかの反論ができたかもしれない。けれど、心酔する典絵との想像もしなかった快楽を味わった直後では、少女の思考が普通でいられるはずもなかった。今の二海には、典絵の言葉は何物にも代え難い励ましに思えた。

「はい……、わかりました……。あたし、頑張ります」

「そう、その意気よ。ほら、泣き顔なんてダメ。アイドルは笑顔が命なんだから」

典絵が二海の肩をポンポンと叩き、ニッコリ笑った。二海もつられて笑顔を浮かべる。典絵が傍にいてくれるというだけで、隆由に会う勇気が湧《わ》いてくるのだった。

制服の乱れを整えたふたりが、本校舎別館にある理事長室に足を踏み入れたのは、10分ほどしてからのことである。秘書の永江葛葉に取り次いでもらい、玉座の如き椅子にふんぞり返る隆由の前に立つ。彼はニタリと笑い、顎《あご》の下で指を組み直した。

「ようやく来たか……。典絵、待ち侘《わ》びたぞ」

「はい、理事長。お待たせしました」

そのやり取りに、二海は唖然とした様子で典絵の横顔を見つめる。

「佐伯……先輩？」

「二海ちゃん、何も心配しなくていいのよ。あなたはまだ理事長の素晴らしさを理解してないようだから、今日はわたしも協力してあげるわ」

「え……？」

「クックックッ。まだわからないのか？　こういうことだよ」

隆由は立ち上がり、二海の腕をガッチリ掴んだ。そして、あの忌《い》まわしい隣室へと少女の華奢な身体を引きずっていく。必死に抵抗する二海の朱唇が悲鳴をあげた。

「嫌ァッ！　放してっ！　先輩っ、どうしてこんなことするんですか!?」

「怖がることないわ。これがあなたのためなの。わたしのようになりたいんでしょう？」

なおも何かを言いかける二海。けれど、隆由はそれを許さなかった。

「ゴチャゴチャとうるさいヤツだな。おとなしくこっちに来い！」

「嫌ァァッ！」

どんな抵抗を試みても、所詮は虚《むな》しい時間稼ぎでしかない。結局、二海は隣室に連れ込まれ、ベッドの上へ押し倒された。シーツの海でのたうつ少女の上に、いつの間にやらベレー帽だけのあられもない姿となった典絵が馬乗り、暴れる手足を押さえつける。

「二海ちゃん、怖がらなくても大丈夫よ」

「でっ、でも、先輩……」

言葉の途中で典絵がいきなり二海の口を塞《ふさ》いだ。保健室でしたのと同様に、朱唇を重ねて、舌先を口腔内に潜り込ませる。

「んっ⁉ ん、んんぅ！ んふぅ……んんっ！ んむぅ……ん……、んふぅんん……」

舌を巧みに使ったディープキスが、たちまちのうちに抵抗の意志を奪っていく。

「ウフフ……。ね？ 怖くないでしょう？」

「はぁ……、はいぃ……」

キスひとつで骨抜きにされてしまった少女は、力なくベッドに身を預けた。鈍く虚《うつ》ろな瞳が、微笑む典絵の顔や、惜しげもなくさらされる見事な裸身を眺める。かつて、まだ典絵が再デビューを果たす以前の水着姿を、ＴＶで観《み》たことがある。その頃よりも、今の彼女は遥《はる》かに美しく、かつ同性の自分が見ても酷く艶《なま》めかしかった。

誰もが認めるトップアイドルになるとは、こういうことか……。しかもそれは、この学園の理事長の手によるものなのか……。ならば、いつかきっと自分も……。

二海は、典絵がすでに隆由の肉奴隷と化している事実を知らない。この〝哀れな生贄〟である仔羊《こひつじ》をおびき寄せるため、隆由が餌《えさ》として典絵を遣わせたなどとは考えもしない。憧れの典絵に心酔するあまり、まともな判断力を完全に失っていた。それをいいことに、典絵は二海の制服を脱がしにかかる。ベスト、ブラウス、スカートの順に服を剥ぎ、下着さえも脱がして、オーバーニーソックスだけの姿にする。その上で華奢な腰を跨いで二海に覆い被さり、浮かした下腹部の間へ右手を忍ばせて後輩の花園を愛撫《あいぶ》した。

「んはぁっ！　あぅ……、はぁっ！　んくぅ……、あぁっ！　ふぁぁ……！」

「二海ちゃん、またグチョグチョに濡れてる。ホント、可愛いわよ」

典絵の人差し指と中指が、濡れ喘ぐ柔唇の隙間に埋没し、グチュグチュと掻きまわす。

「あぁんん！　はぁんっ！　あ、あぁぁっ！　センパァイ……、あうぅ……はぅぅっ！」

絡み合うふたりの背後で、隆由はしばらく傍観者に徹していた。そうして頃合いを見計らい、ズボンから分身を引きだす。いきり勃つ肉棒が典絵の揺れる尻を叩いて催促する。

「いつまで二人だけで楽しんでいるつもりだ？　待ちくたびれたぞ」

「フフッ。二海ちゃん、理事長があなたの膣内に挿入《はい》りたいって。準備はいいかしら？」

「は、はいぃ……。きて下さいぃ……」

二海が舌足らずな口調で応じた。すでに典絵の指で激しくシェイクされた蜜壺からは、トロトロと淫蜜が滴っている。隆由を待ち受けるそこは、獰猛な凶器をなんの抵抗もなく呑み込んだ。一気に根もとまで押し込むと、無数の肉襞が一斉に吸いつき、絡みつく。

「ふあっ！　あっ、ああっ！　んっ、んふぁぁぁっ！」

「ね？　理事長のオチ○チン、気持ちいいでしょう？」

「はぁっ！　はいぃぃっ！　おっ、奥にぃ……、奥に当たってますぅっ！」

まとわりつく肉の感触を楽しみ、隆由がゆっくりと深い抽送を繰り返す。二海の上半身にのしかかる典絵は、両手で後輩の双丘を揉みしだき、乳首を舐め転がしている。

「あふぅ……、あはぁぁんっ！　ああっ！　ひぅ……、うはぁぁんっ！　あはぁぁっ！」

「クククッ、実に美味《うま》い肉だ」

「理事長、わたしにもぉ……」

ピストン運動に専念する隆由の前に、典絵がむっちりしたヒップを突きだした。

「フハハハッ。不死鳥と卵の他人丼《どん》というわけか。いいだろう」

さも愉快げに笑い、隆由は典絵と二海を交互に刺し貫いた。淫らに涎《よだれ》を垂らしてヒクつくワレメへ剛直を突き入れ、円を描くようにグリグリと肉洞を掻き混ぜる。

「あぁんっ！　あんっ！　はぁぁんっ！　ステキ！　理事長……、いいわぁんっ！」

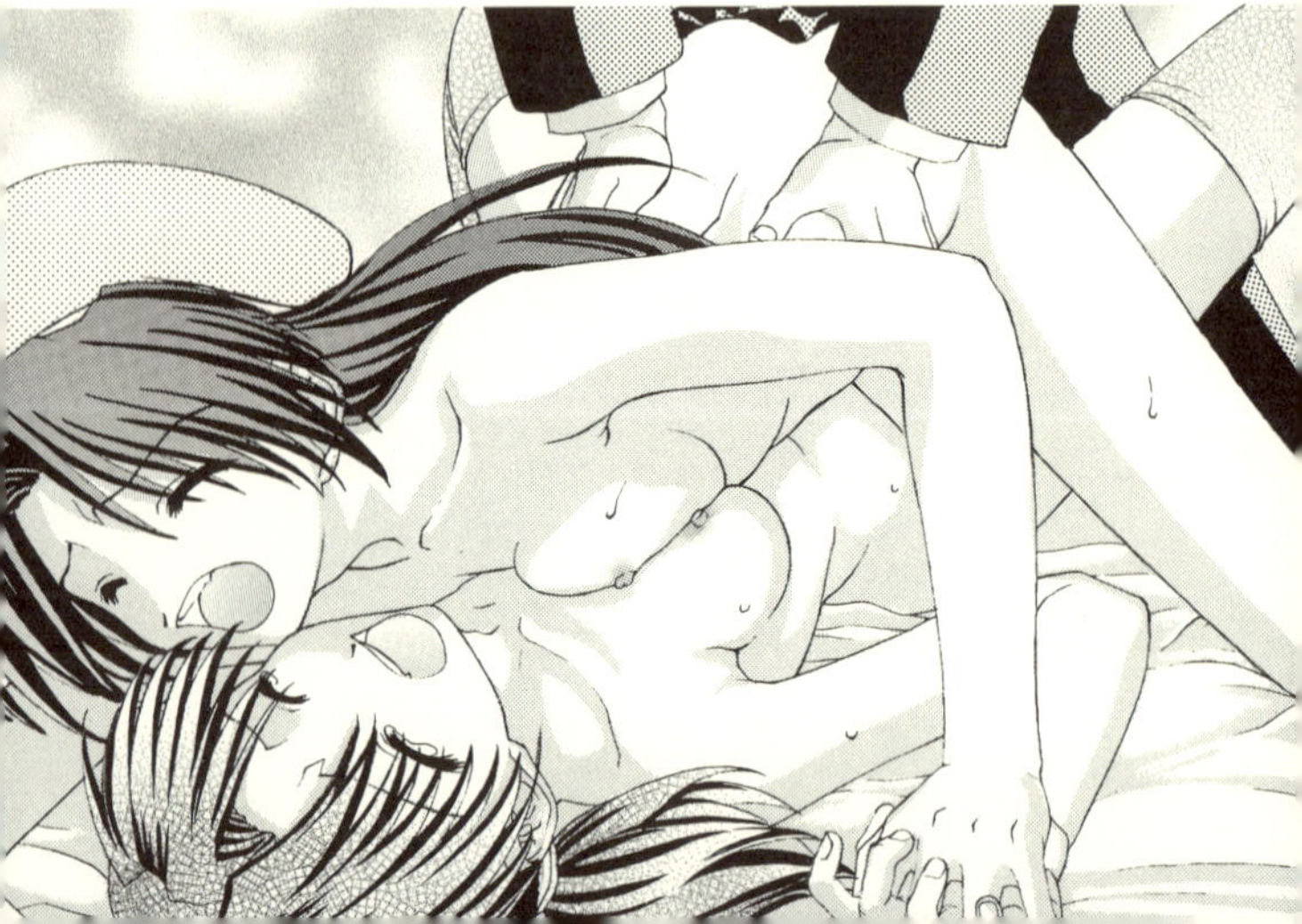

「あくぅっ！　はあぁぁ……、はぁぁんっ！　もっとぉ……、もっと奥にぃいっ！」

隆由の腰の動きとシンクロして、ふたりが嬌声《きょうせい》をあげた。アイドル達の喘ぎのデュエットと肉のぶつかる音が、卑猥なハーモニーとなって広い室内に響き渡る。

「どうだね、二海くん？　わたしの素晴らしさが少しはわかってもらえたかね？」

「はいぃっ！　あはぁぁん……、あうぅっ！　いいぃ……、気持ちいいですぅぅっ！」

「うむ、よろしい！　では、今後ともわたしの指導に従うように」

「ふあぁ……、ああっ！　は、はいぃいっ！　で、でももうっ！　もう、ダメですぅ！」

その言葉の意味を、少女の双丘に自分の乳房を押しつけて悶える典絵が、隆由よりも先に察した。自身も、より激しく身を揺すり、後輩の耳もとで囁《ささや》く。

「あんっ！　あんっ！　二海ちゃん……、あぁんっ！　んっ、イッて……いいのよぉ」

「うむ。典絵の言うとおりだ。遠慮せずにどんどんイきなさい！」

言われるまでもなく、二海の肢体はガクガクと震えだした。身を揺るがす性の快楽に、少女の意識は遥かなる高みへと誘われていく。

「は、はいぃっ！　あたしも先輩のように登り詰めてみせますぅぅっ！」

二海が言い、典絵も続いた。

「あぁん！　はぁぁんっ！　理事長ォ……、わたしもイきそうっ！　イかせてぇんっ！」

「ようし、ではラストスパートだ！」

気合いとともに隆由の全身の筋肉が盛り上がった。すべての動きを高速化するためだ。

「ああああっ！　す……、凄いぃいっ！　また太くなってるぅっ！」

「はぁあんんっ！　もっとぉ……！　もっと掻き混ぜてぇぇんっ！」

上下に突きだされたふたりのヴァギナへと猛烈なビートを刻み、隆由の腰が躍動する。

「あひっ！　あひっ！　ひやぁぁぁんっ！　くるっ、くるっ、くるぅぅぅぅっ！」

「あんっ！　あんっ！　あはぁぁぁぁんっ！　イくっ、イくっ、イくぅぅぅぅぅっ！」

少女達が仲よく同時に達すると、隆由は素早く怒張を引き抜き、ふたりの顔面めがけて灼熱《しゃくねつ》の奔流《ほんりゅう》を盛大に放った。迸る大量の白濁液が、恍惚に喘ぐ顔へとビチャビチャ降り注ぎ、紅潮した瑞々《みずみず》しい肌を見るみる汚していく。典絵には顔にかかる粘液を指で掬《すく》って舐めるだけの余裕があったが、まだ新人の二海は荒い息のままグッタリと放心していた。

そんなふたりを見降ろし、ひとり隆由は満足の笑みを浮かべるのだった。

第2章　犠牲

季節は初夏を迎えようとしていた。だが、窓ひとつなく、空調によって常に快適な環境にある理事長室に長くいると、四季が織りなす気候の機微など無縁に等しい。それでも、定期的にこの部屋を訪れる少女達《たち》の服装が、隆由に辛《かろ》うじて季節を感じさせるのである。

折しも今、濃緑色のスーツをピシリと着込み、玉座を思わせる椅子《いす》で軽く足を組んだ彼の前に、ひとりの少女が立っていた。半袖《はんそで》のブラウスをラフに着流し、ジャンパースカートをあたかも単なるミニスカートのように穿《は》いた長身の少女は、佐伯典絵でも水越二海でも瀬川月奈でもない。3人はすでに学園の制服を身に着けるようになっていたし、隆由に身も心も征服されて各々《おのおの》めざましい活躍を遂げていた。典絵は不動のトップアイドルとして、二海は人気急上昇中のアイドル歌手として、月奈は全国模試《もし》の上位ランカーとして。

学園の絶対君主である隆由の生贄《いけにえ》となった少女達は、けれど各自が目指す道を約束されていた。隆由の肉奴隷であることからは逃れようもないのだが、同時に彼女達それぞれの目的に対する援助も確約されているのだ。むろん、そのためには各自が人一倍努力しなければならないし、当然の如《ごと》く資質や実力も必要である。隆由は、それらを見極めることに長《た》けていた。肉奴隷とはいっても、彼女達は単に隆由にのみ捧《ささ》げられた供物ではないのだ。ある意味彼の分身である学園に捧げられた生贄を兼ねている。それはすなわち、対外的な目的のために世へ捧げられた生贄でもあった。

では、今日の少女達はどうであろうか？　隆由は目の前の少女へ微笑《ほほえ》みを向ける。

「ようこそ我が緑林学園へ、山岡花梨《やまおかかりん》くん。まずは、お父様のご当選おめでとう」

「ありがとうございます」

山岡花梨の父、大三郎《だいざぶろう》は、最近メキメキと力をつけてきた若手政治家だ。先の参院選挙でも野党第一党公認として地元鹿児島の都市部から出馬し、順当に二期目の当選を果たしていた。弁護士出身の山岡代議士は、クリーンなイメージで世間に好評な上、民放ＴＶの討論番組にも多く出演し、名うての評論家とも互角に渡り合える論客でもある。

しかし、政治家や高級官僚、あるいはそれなりの財力を有する家の子息を転入させるには、学園の運営上どうしても慎重にならざるを得ない。権力を持つ者達は、なんにでも自らの力を行使したくなるものだ。それこそ我が子の通う学校に対してさえ。そんな輩《やから》に介入されては、学園の運営に綻《ほころ》びを生じさせる可能性があった。

「ふむ、君の話はよくわかった。この面接は形式的なものだ。君の転入を歓迎するよ」

ひととおりの確認をしたあとで、隆由は大きく両手を広げた。

「さて、ここからは本来の面接ではない。肩の力を抜いて気を楽にしたまえ」

「はい……、ありがとうございます。ふぅ……」

花梨が肩を落とし、小さく息を吐いた。わずかに頬《ほお》が緩む。

「緊張したかな？」

「はい、少しだけですけど」

「ふむ。しかし、政治家の娘というのも大変なものではないかね？」

「そんなことないですよ。周りは気を遣《つか》ってるみたいですけど」

「それはそうだろう。今や飛ぶ鳥も落とす勢いの山岡先生の娘なのだから」

花梨が笑い、得意げに胸を張った。どこか優越感を漂わす仕種《しぐさ》である。

所詮はこの娘も、親の権力を我がものと勘違いしている愚か者か……。隆由はこれ以上無駄話《むだばなし》を続けても不快になるだけと判断し、本題に入ることにする。

「ところで、君のお父様について、よくない噂《うわさ》を耳にしたのだが……」

「えっ？」

途端に花梨の表情に緊張が疾《はし》った。いつの世も国会議員にとってスキャンダルは致命傷となる。多少の問題ならばのらりくらりと躱《かわ》せたのも、20世紀までのことだ。

「わたしも、この学園を運営する経営者である以上、ある程度のことは把握しておかねばと思ってね。事前にいろいろと調べさせてもらったのだよ」

「パパが何かしたというんですか？」

頷《うなず》いた隆由は、荘厳な執務机《しつむづくえ》の引出から3枚の写真を取りだして花梨に見せた。3枚とも女性と腕を組んでホテルから出てくるスーツ姿の男性が写っている。男性は言わずと知れた山岡大三郎で、相手の女性は3枚とも別人だった。

「残念なことだが、この他にも君にはとても見せられないような写真も存在するのだ」

それが何を意味するか、花梨にも容易に想像できた。顔色が見るみる蒼《あお》ざめていく。

「そ、そんな……。う……、嘘《うそ》よ！　パパがそんなことするはずないわ！」

「嘘ではないさ。相手の女性の身元も確認済みだ。どうやら政治活動だけでなく、夜の活動のほうもお盛んらしいね。特にこの写真……」

隆由は3枚目の写真を取り上げると、顔の前に掲げた。口もとがニヤリと歪《ゆが》む。

「お父様と一緒に写っている女性は、某ニュース番組の看板キャスターだ。これはもの凄《すご》いスクープだなァ。この写真をマスコミに流したらどうなると思うかね？」

「や、やめてよ……！」

「やめてよ？　人にものを頼む時はもっと他に言い様があるのではないのかね？」

「や、やめて……下さい……」

「ククク。さァて、どうしたものかなァ。こいつが表に出れば、君のお父様も政治家としては先がないだろう。もちろん君の生活もこれまでのようにはいかなくなる。わたしが何を言っているかわかるかね？　返事をしたまえ、花梨くん」

「脅迫……するんですか……？　お金を要求する気？」

「おいおい、なぜわたしがそのようなことをせねばならんのだね？　あいにく、わたしには貧乏人から金を毟《むし》り取る趣味などないのでね。自慢するわけではないが、わたしの資産は君のお父様の比ではないのだよ」

花梨が唇を噛《か》み、隆由を睨《にら》みつけた。明らかにプライドを傷つけられたようだ。

「話を戻そうか。この案件をどうするか、だよ」

「お金がいらないのなら……、何が欲しいんですか……？」

「権力というものは常に何かを犠牲にしなくては維持できんものなのだ。君のお父様は、果たして何を犠牲にするつもりなのかな？」

「それじゃ、わかりません！」

焦りの表情がありありと浮かんでいる。それを愉《たの》しむように、隆由は口もとを歪めた。

「本当にわからないのかァ？　お父様の人生は君しだいなのだぞ？」

「だからって……、わたしにどうしろと言うんですか？」

「今のところ、この件を知っているのは、わたしの他には君と極一部の者だけだ。しかも君以外は、すべてわたしの配下の者達でね。わたしが指示しない限り他言無用をとおす。要は、わたしの心持ちひとつなのだよ。その意味がわかるかね？」

ニヤニヤと笑いながら話す隆由を見て、花梨はようやく悟る。この男は最初から取引をするつもりなどないのだ、と。他人が破滅する様を冷ややかに傍観し、面白がってさえいる。交渉の余地など微塵《みじん》も感じられなかった。

「さあ、わたしが満足する答えを期待しているよ」

隆由が言う。けれど花梨は、自分の無力さを痛感するばかりで口を開こうともしない。

しばらく待って、隆由は大仰にため息をついた。

「仕方ない。写真はマスコミや市民団体にでも送りつけるとするか」

「ま、待って！　お願いです、それだけはやめて下さい！　代わりに……」

いったん言葉を切った花梨が薄い唇をワナワナと震わせる。続く声は酷《ひど》く掠《かす》れていた。

「わたしを……、わたしの身体《からだ》を……、好きにして構いません……」

「それはつまり、わたしに身を捧げるということかね？　わたしの肉奴隷になると？」

すかさず問いただす隆由に、花梨は力なく頷いて見せる。父を護《まも》るということは、家族を、自分自身を護ることでもあった。たとえ我が身を犠牲にしたとしても。

「クハハハッ、さすがこの父親にしてこの娘だ！　血は争えんなァ！」

花梨が下した悲愴《ひそう》な決断を、嘲《あざけ》りの言葉が笑い飛ばした。屈辱に頬を紅《あか》く染め、少女はうなだれたまま立ち尽くす。それでも彼女は、まだ完全に屈服したわけではなかった。垂《た》れた前髪の奥にある瞳《ひとみ》には、かすかではあるが反骨の光が宿っていた。

ひとしきり笑ったあと、意外にも隆由は花梨をあっさりと解放する。いいや、正確には〝解放〟ではない。彼女の主《あるじ》として、早速命令を下したといったほうが妥当だろう。

「今日はここまでだ。下がっていいぞ」

隆由は言った。彼にも都合というものがある。今日はもうひとりの少女と面接することになっているのだ。花梨を退室させた隆由は、内線電話で秘書の永江葛葉を呼び、次なる面接の相手を連れてくるようにと告げた。

ほどなくして、葛葉が小柄な少女を案内して理事長室のドアを開ける。

「失礼します……」

囁《ささや》くような声。葛葉に促されて執務机の前に立ったのは、身長150センチにも満たないおかっぱの少女だ。先ほどの花梨と違って、少女は冬服を着込んでいた。

この年、大規模に発生したエルニーニョ現象の影響で、世界の天候は荒れ模様だった。梅雨も終わりの頃《ころ》だというのに、ここ、緑林学園のある東京では肌寒いと感じる日さえある。衣替えの中間期である今、制服を夏服にするか冬服にするかは生徒の判断に任されている。とはいえ、花梨と目の前の少女ではあまりにも両極端だ。もっともそれには、日本全国から転入を受け入れる緑林学園ならではの理由がある。鹿児島からの転入生である花梨に対し、今回の少女は北海道からやってきたのだった。極端にもなろう。

「いらっしゃい、篠崎七香《しのざきななか》さん。お父上にはいつも大変お世話になっているよ」

葛葉が部屋を出ると、薄い笑みを湛《たた》える仮面をつけた隆由が、少女に優しげな言葉をかけた。その少女、篠崎七香は、はにかみながらペコリと頭を下げる。

「は、はい……。はじめまして。こちらこそお世話になってます。父も、いつも理事長先生のことは素晴らしい方だと申しておりました」

「ありがとう、七香さん。そう言ってもらえると嬉《うれ》しいよ」

隆由は微笑んで言うが、本心からの言葉ではなかった。七香の父、篠崎唯男《ただお》は、長年に渡って緑林学園の母体である玉越グループが政治献金を行ってきた北海道選出の衆議院議員だ。隆由も篠崎代議士が主催するパーティに何度か顔を出しており、数年来のつき合いがある。だが、与党内の有力中堅議員として名を馳《は》せる篠崎代議士も、その強引なやり口はマスコミの非難のマトだった。最近も、ワイドショウ化した国会中継でのパフォーマンスが不評を買い、年内に予定される衆院選にマイナスイメージを与えてしまっていた。殊《こと》に今年は、選挙制度改革に伴う選挙区の改編によって地元区では同党対決の様相を呈しており、コスタリカ方式で比例代表にまわされた篠崎代議士は苦戦が予想されている。

あのオッサンへの献金も、そろそろ潮時か……。政治家という職業も、ある意味において人気商売である。客である有権者から見放されれば、どんなに有能な政治家であろうとも落選の憂き目にあう。当落線上をウロウロする代議士への献金は、いわば大穴狙《ねら》いの賭《かけ》でもあった。隆由にとっても思案のしどころなのだ。

「あの……、どうかしましたか？」

ふと、七香が覗《のぞ》き込むように隆由を見る。その表情には疑念のカケラもない。どうやら父親の言葉を鵜呑《うの》みにして、玉越隆由という人物を信用しきっているようだ。

「いや、なんでもない。それより、前にいた学校のことを教えてもらえるかな？　確か、お嬢様《じょうさま》学校と聞いているが……」

「はい、そうです。北白百合《きたしらゆり》女学園は歴史のある学校で、生徒も旧家の方々が多いです。わたしも母方は古い家柄なのですが、なにぶん地方ですので……」

七香の声のトーンがしだいに低くなっていく。

「それに……、父が……、あの……、その、強引なもので。あまり……、その……、旧家の方々には評判がよくなくて……。それで……」

「そうか。それは辛《つら》かったろう、そんな生活では……」

同情を装い、隆由がさり気なく茶を差しだした。健気《けなげ》にも笑顔を見せる少女は、促されるままに湯呑みの中身をコクリと飲み干す。

「でも、いいんです。わたしは……、もう」

七香が言う。閉塞《へいそく》状況の中に育ち、今また見知らぬ土地にはるばるひとりで出てきたのである。他人を疑うことを知らぬ無垢《むく》な少女は、隆由のうわべだけの優しさを本心からのものと誤解していた。

「この学園はすごく綺麗《きれい》ですし、それに……、理事長先生も優しそうな方だし……」

ほほう、それは好都合だ。隆由は心の内でほくそ笑んだ。歴史と伝統を重んじるような女子校にいたということは、恋などとは無縁だったのだろう。処女であるどころか、男と手が触れただけでも真っ赤になりそうだ。こういった免疫のない娘ほど堕《お》とし易い。どんな行為をしても、それを〝悪〟と思わせなければいいのだから。

「あの……、そういえば、わたし茶道部に入ろうと思っているんですが……、その、部活動についての説明書ってありますか？　できれば顧問の先生とも相談をしたいんですが」

「ああ、そうか。そうだったな。君は母君の血を継いだ茶道の腕前を持っていたんだったな。実はそれについても説明があってね。そうだ、ついでに当学園のカリキュラムも説明しよう。さあ、先に隣の部屋に行っていてくれ。すぐに準備をするから」

素直に従い、七香は隣接する部屋のドアへと歩いた。そう、キングサイズのベッドがある、あの部屋だ。その後ろ姿を眺め、隆由は酷薄に笑う。デスクの上に載った湯呑みの中身は空だった。少女の身に変化が起こるのも時間の問題だろう。七香は気づきもしなかったが、彼は茶の中に例の媚薬《びやく》を混入させていたのである。瀬川月奈に使用した即効性の媚薬を。頃合いを見計らい、隆由も隣室へと向かった。

すべてを蹂躙《じゅうりん》し、屈服させる。隆由への供物……、すなわち勝者への生贄が、またひとつ捧げられるのだ。大切なものを護るための犠牲として。

「先生、お待ちしていました」

頑丈な扉を開けるなり七香が微笑んだ。

「理事長室の隣が保健室になっているんですね。それにしても、大きなベッド……」

とんでもない勘違いである。もっとも、それならそれで勘違いを利用しない手はない。

七香の華奢《きゃしゃ》な姿を見降ろし、そっと肩に手をかける。

「え……？　理事長先生……、何を……？」

「いや、大したことじゃない。転入者の身体検査さ。我が学園の茶道部へ入部希望というなら、まず健全な精神と肉体が不可欠だ。ちゃんと検査しなくてはな」

そう囁きながら、優しく七香の身体を撫《な》でていく。淡い桜色の制服の上から、まだまだ未成熟な小さな胸を愛撫《あいぶ》する。

「そう……なんですか？　でも、わたし……、母が茶道の家元ですから、わたしも師範の免許を……。それで……」

可憐《かれん》な唇をわななかせ、かすかに身を捩《よじ》らせて逃れようとする七香。けれど、身長も力も遥《はる》かに優る隆由は、少女の動きを苦もなく押さえ込み、さらに身体をまさぐっていく。

「どうしたんだ？　汗が出ているぞ、七香。身体の調子がどこかおかしいのかな？　それともともと病弱なのかな？」

隆由の手が白いスカートの下へと伸びる。指先が暗灰色のナイロンタイツを這《は》い、小さく丸いヒップを撫でまわす。

「あっ⁉　はぁ……、な……に……？　ヘン……な……の……。こんなの……、ああっ、知らない……よぉっ！　や……、やだぁ……あぁっ！」

撫でるたびに、華奢な肢体《したい》が熱を帯びる。タイツに爪《つめ》を立ててナイロン生地をわずかに裂き、その下に現れたライトブルーのショーツへ指を這わす。閉じた腿《もも》のつけ根に、かすかだが湿り気を感じた。身を屈《かが》めた隆由は、少女の耳を軽く噛んで囁く。

「おや？　お漏らししているのかな、七香？　具合はどうなんだね？　もっと検査が必要なようだぞ、こんなに身体を熱くして……」

　七香は答えなかった。答えることができなかったのだ。全身から力が抜け、立っているのもままならない。そんな少女をひょいと抱き上げた隆由が、震える身体をベッドの上へと横たえる。そうしておいて、細い脚を無理矢理開かせ、タイツとショーツを中途半端に引き降ろした。露《あらわ》になる青い果実。産毛《うぶげ》さえ見当たらぬ無垢な下腹部の底で、愛らしいフルーツが透明な蜜《みつ》を滲《にじ》ませている。隆由は手早く分身を解き放ち、猛々《たけだけ》しくそそり勃《た》つ剛直の先端をヒクつく秘唇の隙間《すきま》へと押しつけた。

「あぁっ⁉　あああ……はぁぁっ！　なにぃ……、これぇっ⁉」

「おいおい、何かもわからないのか？　本当に箱入りなんだな、お前は。まあいい。初々《ういうい》しい極上の果実だ。たっぷり味わわせてもらうぞ」

　嗤《わら》いながら灼熱《しゃくねつ》の肉棒をねじり込み、何か薄い膜を剥《は》がす感覚とともに下腹部を貫く。媚薬の効果によって破瓜《はか》の痛みは和《やわ》らげられているようだ。隆由は体重を乗せ、少女の膣《ちつ》内《ない》奥深くへと分け入った。血と蜜にぬめる肉襞《にくひだ》が剛直を強烈に締めつける。

「はぁぁッ！　ああっ！　なっ、何か……、奥までぇっ、入って……！」

「クク……。どうだ、女になった気分は？　すぐにもっと気持ちよくなれる」

「はぁっ！　ううんっ、あっ、ああっ、熱いよぉっ！」

熱に浮かされる七香には自分の身に何が起きているのかもわからなかった。それでも、細い腰を左右に捻《ひね》り、下腹部に埋められたモノをしっかりと受け止めている。

思ったよりも抵抗がない。これならすぐに肉奴隷化できる。隆由は少女の制服へ手を伸ばし、上衣をはだけさせた。未成熟な胸にブラジャーはなく、可愛《かわい》い乳輪が露になる。

「あんっ！　はぁ……、せんせ……、何……するの……？」

「検査に服は邪魔だからな。ちょっとどけただけだ。それはそうと顔が赤いぞ、七香。下の口に挿《い》入れた注射が効きすぎたか？」

酷薄な笑みを浮かべ、隆由は七香の両腕を掴《つか》んだ。その体勢のまま埋めた剛直をグラインドさせて、目の前の獲物の味をたっぷりと堪能する。

「あっ、はぁあっ、あああ……、アッ！　な、に……、これぇっ！　はぁんっ、アッ！　ダメぇっ！　こんなぁ……、はぁっ！　おかしいよぉっ！」

そんな声を耳に、狭い肉洞がある程度馴染《なじ》むのを待って、ゆっくりと抽送を開始した。

「あっ⁉　ああんっ！　ヘン……なのぉ！　なんだか、あっ、身体、熱くてぇ！　わからないよぉ！　わたし、どうしちゃったの⁉　こんな……こと、熱いの……、初めてぇ！」

「それはいかんなぁ。きっと恋の病というやつだ。七香は箱入りだから知らんだろうが、恋の病にはこの注射が一番効くんだぞ。シて欲しくなったら、いつでも言えばいい。何度だってくれてやる。どうだ、気持ちいいだろう？　堪《たま》らないだろう、七香？」

暗示の呪文《じゅもん》を囁き、隆由ははだけた胸へと指を這わす。硬く尖《とが》った乳首を親指で潰《つぶ》し、もう一方の手を細い腰に添え、抱え上げるようにして無垢な少女を犯し尽くしていく。

「ハァアッ！　あっ、あぁぁんっ！　だっ、ダメぇっ！　おかしいよぅ……、わたしの身体ぁっ！　なんだかぁ……、ああっ、な、なんだかぁっ！」

徐々にピッチを上げるピストン運動。華奢な肢体が敏感に反応して身悶《みもだ》えた。下腹部の最奥を刺激する鈍い衝撃が少女の女芯《にょしん》をヒートアップさせ、神経中枢をスパークさせる。

「ああっ、目の前が……、あっ、真っ白なのぉっ！　うあっ！　こ、これが……、恋……な……の……？　あひっ！　だ、ダメぇっ！　はぁんっ、あっ、ああっ！」

押し寄せる快楽の大波に、七香の思考は混乱をきたしていた。隆由の言葉を、反芻《はんすう》し、咀嚼《そしゃく》することさえままならない。魔法使いが唱えたチャームのスペルたる〝恋〟という単語だけが、頭の中に響き渡り、グルグルとまわっていた。

「わたし……、初めてだからぁ……、初恋だからぁっ、あっ！　わからないのォオッ！」

「わからなくていい。すべて俺《おれ》の言うとおりにしていればいい。そうすれば可愛がってやる。毎日でも……、いつでも……。心ゆくまで犯してやるぞ」

覆い被《かぶ》さるように七香の耳もとへ口を寄せた隆由が、仕上げの呪文を口にする。効果は覿面《てきめん》だった。いつしか少女は、隆由が激しく腰を動かすたびに嬌声《きょうせい》をあげ、媚薬と肉棒がもたらす悦楽に全身で酔いしれていた。

「はぁんっ、ぁっ、あんっ、ぁあっ！　いいよぉおっ！　気持ちいいよぉ、せんせ……！

わたし……、ああっ、気持ちいいのぉっ！　ハァン！　もっとォ……、シてぇっ！」

早くも自らねだる七香を見降ろし、隆由は笑う。これだから何も知らない娘はいい。すべてを自分色に染め上げる愉悦。それは堪らなく嗜虐《しぎゃく》の感情をくすぐる。隆由は少女の両脚を抱え込み、さらに激しく腰を振った。グチュグチュと鮮血混じりの淫蜜《いんみつ》がいやらしく溢《あふ》れる。何度となく擦《こす》り上げ、突き降ろし、目眩《めくるめ》く快楽の大渦へと落とし込んでいく。

「ああっ！　あっ、せんせ……、はぁんっ！　アッ、わ……、わたし……、はぁっ、ああんっ、あっ、アンッ、アッ！　そこっ、そこがいいっ！」

「そうだ。そうやって自分の感じるポイントを見つけるんだ」

言われるがまま、七香は肉棒を奥まで咥《くわ》え込んで小さなヒップを揺すった。わずかに盛り上がる肉襞の一部が、隆由へ官能のスポットを示す。擦れる剛直に少女の身が躍《おど》る。

「ほう！　教えれば上手じゃないか。しかも、かなりの淫乱ぶりだぞ」

「あうっ！　わたし……、ハァッ、いんらん……なの？　わたし……、あっ、わからないよ……。いんらんって……、あっ、言われてもぉ……！」

「ふふん。その意味も知らないとは、まったく困ったお嬢様だな。だが、それも今日までだ。お前は今日のことを一生忘れられないだろう。箱入りのお嬢様だったお前が、淫乱な肉奴隷へと堕ちた今日のことをな……！」

隆由がラストスパートをかけた。淫《みだ》らにうねる肉襞を擦り、精一杯に怒張を咥え込む媚肉へ怒濤《どとう》のラッシュを叩《たた》きつける。

「ハアァアアッ！　あんっ、あっ、あんっ、アアッ！　いいよぉ……、はぁ、ダメぇっ、あっ！　せんせ……、あっ、助けてっ！　わたし…、アッ！」

髪を振り乱し、肌を桜色に染める七香。滴《したた》り落ちる淫蜜が、腿を伝いシーツまでをも濡《ぬ》らしている。留《と》まることを知らぬ隆由の躍動は、少女を確実に頂点へと押し上げてゆく。

「あんっ、ああ……、せんせ……、わたし……、もうッ！　アッ、ダメぇっ！　はぁん、あっ、アンッ、あああああぁぁぁぁぁぁぁぁぁーっ!!」

一際高く声をあげる七香の膣内へ、隆由は灼熱の白濁流を迸《ほとばし》らせた。二度、三度と脈打つ肉竿《にくざお》の先端から精を放ち、残り汁を滴らせるペニスをズルリと引き抜く。そうして隆由は、目の前に横たわる、まだ汚れて間もない少女を満足げに見降ろした。

「ククッ。そうだ。お前は俺だけのモノだ。他の誰《だれ》のモノでもない。俺だけの肉奴隷だ」

恍惚《こうこつ》に喘《あえ》ぎ、放心した、愛らしい肉奴隷。そんな姿を眺め、彼はひとりほくそ笑んだ。


「くっ！　ここにもないわ……」

そう呟《つぶや》いた花梨は、隆由の執務机の引出を閉め、落胆のため息をついた。

　あの写真さえ手に入れば……。気を取り直して隣の引出を開ける。面接の時、隆由は花梨の父親のスキャンダル写真をこの机の引出にしまっていた。きっと、まだここにある。隆由は自分を完全に舐《な》めきっている。その証拠に彼は、屈服したフリをして理事長室を訪れた花梨に、会議が終わるまで待っていろと命じて秘書ともども部屋を空《あ》けていた。

「あいつが帰ってくる前に、絶対見つけださないと……」

　そもそも花梨は、写真を奪うチャンスを得るために敢《あ》えて身を捧げると言ったのだ。編入初日の放課後に理事会があったのはラッキーだった。なんら犠牲を払わずに写真を奪えるのは今をおいて他にない。隆由達が理事長室を出てから10分ほどが経《た》っていた。まだ充分に時間は残されているはずである。だがしかし、写真はなかなか見つからなかった。

「おかしいわね。確かにこの辺にしまったような気がするんだけど……」

　ひょっとしたら、どこか別の場所に移してしまったのだろうか？　一瞬、嫌な予感が花梨の頭をよぎる。彼女はそれを必死で振り払った。ここになければ、花梨の運命は絶望的なものになってしまう。

「どうして……？　どうしてないのよ……？」

　涙声を洩《も》らしながら、花梨は最後にひとつ残った引出を開ける。ちょうどその時、部屋のどこかでかすかな物音がした。花梨はビクッと肩を震わせ、耳を澄ます。けれど、聞こえてくるのは空調の低い唸《うな》りだけだった。

気のせい……？　引出に突っ込んだままの手が緊張に震える。ふと、その指先に何か硬い紙のようなものが触れた。花梨の瞳がゆっくり引出へと注がれる。

「あった……！」

急いで取りだしたそれは、間違いなく父親のスキャンダルを写した写真の束だった。隆由に見せられた3枚だけでなしに、かなりの枚数がある。花梨はそれらすべてに目を通す勇気はなかったものの、写真の束を胸に抱き、安堵《あんど》の息を洩らす。

「よかった……。これで、あいつから……」

「あいつから……？」

唐突に声が響いた。まるで雷に打たれたかのように、花梨の身体がビクンと痙攣《けいれん》する。

「空巣のマネごとはよくないわね、山岡花梨さん」

見開かれた目の先に姿を現したのは、隆由の秘書、永江葛葉だ。

「思ったよりも度胸があるのね。見直したわ。でも、まだまだ子供ね。そんな写真を手に入れてもなんの意味もないのに」

「こ、この写真は渡さないわよ……！」

花梨は写真を強く握り締めた。ここで諦《あきら》めて堪るものか！　ところが……。

「残念だったわね。その写真だけでは意味がないの。それはデジタルカメラで撮影され、プリントアウトしたものよ。マスターデータはバックアップを取って保管してあるわ」

愕然《がくぜん》とした表情の花梨が、がっくりと膝《ひざ》から崩れ落ちる。そうだ。写真にはネガやマスターデータがつきものである。当然のことだ。にもかかわらず、そんなことなど考えもしなかった自分の迂闊《うかつ》さに腹が立った。

「お願い、全部消去して！」

「それはできない相談ね。すべての決定権は理事長にあるの」

あっさり言い切る葛葉。花梨の中で苛立《いらだ》ちと憤りが爆発する。

「理事長、理事長って、あなたもあいつの言いなりなの⁉」

「言いなり？　それは違うわ。わたしは自分の意志であの人に従っているのよ」

「どうして⁉　あんな卑劣な男に……！」

「あなたはあの人の素晴らしさがまだわかっていないだけなのよ」

「素晴らしい⁉　あいつが⁉」

「いずれあなたにもわかる時がくるわ」

そんなもの、わかりたくもない！　言いかけた花梨の視線の先で、頑丈な木製の扉が開いた。部屋の主、隆由が戻ってきたのだ。もはや万事休すだった。

「あら、理事長。おかえりなさいませ。会議はどうでしたか？」

「うむ、大した問題は出なかった。いつも今回のように会議が進めばよいのだがな」

「フフッ、そうですね」

隆由の言葉に頷く葛葉が、背後の花梨へ指で合図を送る。写真をしまえというのだ。少女は仕方なく、写真をそっと引出に戻した。あとはもう、なるようにしかならない。

「ところで理事長、今日はわたしも混ぜていただけますか？」

「うむ、構わないぞ。たまには3人で愉しむとするか」

ついにその時が来てしまった。観念した花梨はノロノロと立ち上がる。

隣室へと場所を移すなり、葛葉は身に着けていたものをすべて脱ぎ去った。完成された大人《おとな》の肉体を惜しげもなく披露し、放心気味の花梨にも全裸になるよう促す。

隆由に見られているという屈辱に、花梨は頭に血を昇らせた。それでも、自ら身を捧げると言ってしまった以上、拒むこともできない。結局のところ、葛葉同様全裸になり、キングサイズのベッドの上で、年上の女性と向き合った。せめてもの救いは、背広を脱いでくつろぐ隆由に背中を向けているお陰《かげ》で、彼の顔を見なくて済むということくらいだ。

「さあ、いらっしゃい」

葛葉が花梨を抱き寄せ、唇を塞《ふさ》ぐ。そして、いきなり舌を入れ、濃厚なキスをする。

「んんっ！　んむぅ……、んふっ！　んはぁ……」

「んふふっ、もっと力を抜いて……」

言いながら花梨の胸を揉《も》み、自分の乳首を少女の乳首と擦り合わせた。

「んむぅ……！　んはぁんん……、あぁっ！　んふぅ……んむっ、んはぁっ……んむっ」

「そうよ……。ほら、花梨ちゃんの乳首、こんなに硬くなってる」

悪戯《いたずら》っぽい囁きを洩らす葛葉。花梨の尖った乳首をキュッと摘《つま》み、指先で転がす。

「あはぁぁっ！　んはぁ……、はぁんっ！　あぁんっ！」

「ククッ、しっかり濡れてきてるぞ。アソコも相当ヒクついてる」

ふたりの淫らな戯れを眺めていた隆由が笑った。彼は、花梨の背後からヒップの谷間沿いに手を差し込み、イヤラシイ蜜で濡れそぼったワレメを愛撫する。

「うあぁぁっ！　はぁ……、はあぁぁっ！　ダメぇぇっ！」

すかさず葛葉が花梨の唇を塞いだ。熱くぬめる舌が、口の中を万遍なく貪《むさぼ》る。

「んむっ⁉　んふぅ……、んはぁっ！　んんぅっ！」

花梨の意識がわずかに葛葉へ流れた瞬間、隆由が指先を秘唇の隙間へと潜り込ませた。

中指の第一関節までが、熱くぬかるむ肉壺《にくつぼ》に苦もなく呑み込まれる。

「ぐっ⁉　んくぅっ！　んぶぅ……、ぷはぁっ！　あぁ、んはぁぁっ！　あぁぁんっ！」

「どうだ？　こうした3Pも悪くないだろう？」

「んあぁぁ……、あぁっ！　はあぁ……、あうっ！　ふあぁぁ……、くはぁぁっ！」

口内を葛葉に、膣内を隆由に掻《か》き回され、花梨はもはや抵抗する気力すら失っていた。

時折背筋を軽くのけ反《ぞ》らせ、小刻みな痙攣を繰り返す。

「フフッ、もうイきそうなのね？」

小悪魔の如き葛葉の甘い問いかけ。花梨は自分が達しようとすることを素直に認めた。

「あぁぁっ！　ダメぇ……、もうっ、ダメぇぇっ！」

「おっと、そう簡単にイッてもらっては困るな」

言うが早いか、秘裂から指を抜き、代わりにズボンから解放した分身をあてがう隆由。

「ククッ、イく時はちゃんとこいつでイかせてやろう」

葛葉にサポートされて、隆由は獲物の腰をガッチリと掴んだ。花梨の尻《しり》を突きださせ、ヒクつく淫唇《いんしん》に押しつけた灼熱の凶器を、強引に体内へと侵入させる。ズブリと突き立てられた剛直が、ざわめく肉襞を掻き分け、少女の下腹部を貫いた。

「あぐっ!?　くっ、くあぁぁぁ……！　ひあぁんっ！　うあっ！　あっ、あぁぁーっ！」

男性経験のない花梨ではあったが、ロストヴァージンの痛みは感じなかった。ただ、熱と膨満感があるだけだ。破瓜の痛みや出血には個人差がある。人によっては、処

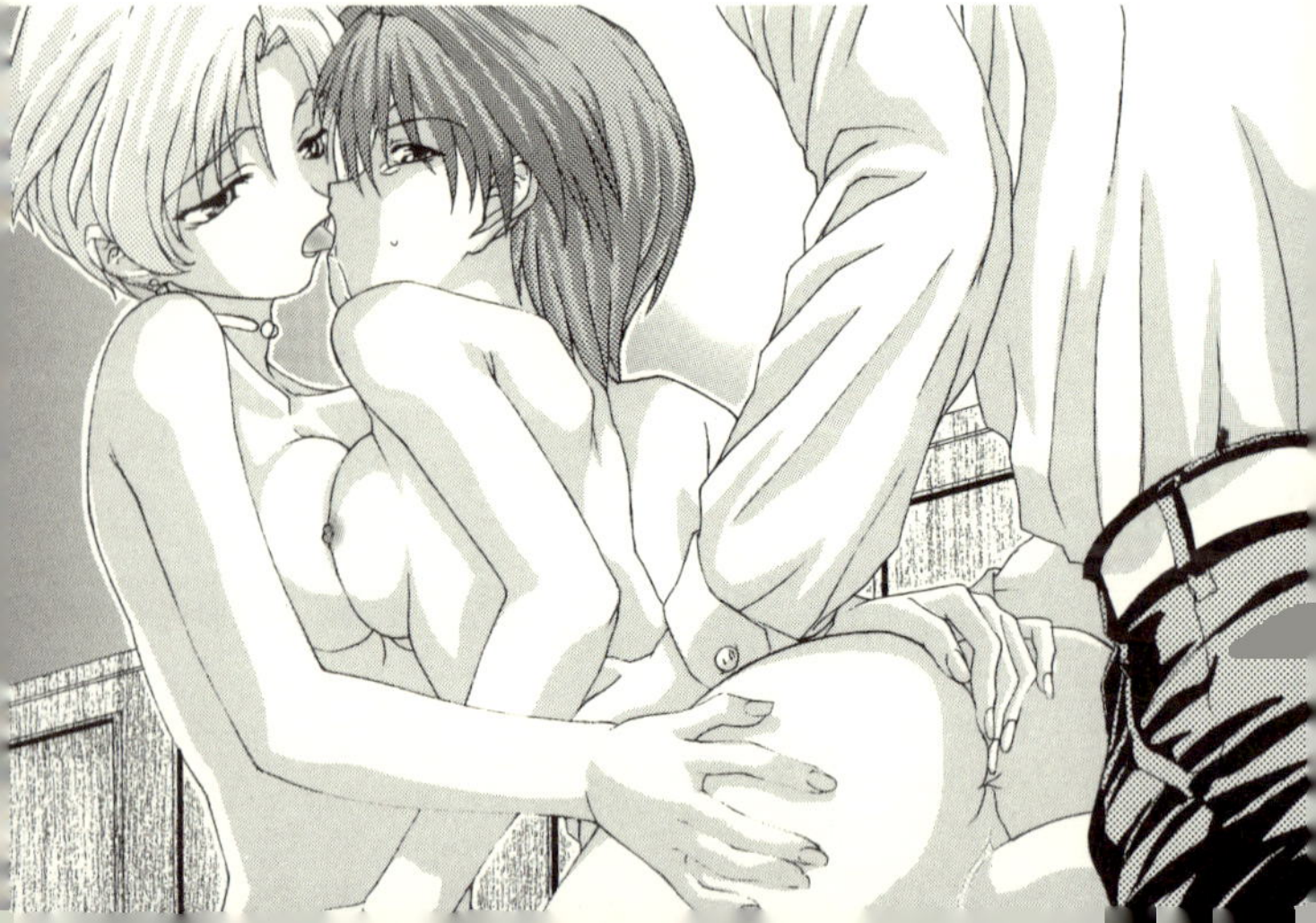

女喪失時に出血もせず痛みもない場合もあり、まさに花梨はそうした体質だったのである。

「どう、花梨ちゃん？　理事長のは」

「んっ、んあっ！　あん、んっ、んはぁぁっ！　はうぅぅ……、あはぁぁっ！」

喘ぐばかりの花梨は、質問に答えようとはしなかった。自分の体質を知らなかった彼女は、痛みを感じない理由を考えていた。面接時に隆由が言ったセリフを思いだす。

血は争えない。彼はそう言った。痛みを感じないのは、自分が淫乱の家系に生まれたからなのだろうか？　否定したい気持ちはやまやまだが、埋め込まれた怒張に激しく膣内を貪られ、少女は混濁する意識の中で痛みではなく快楽を感じ始めていた。

「気持ちいいでしょう？　素直に答えてちょうだい」

なおも問いかける葛葉。彼女は同性ならではの的確さで、少女の性感帯へ指を這わせ、刺激していく。身体の内と外から押し寄せる快感に、花梨はあっさり屈してしまった。

「はぁ……、はいぃっ！　き、気持ち……いいですっ！　あぁぁっ！　んはぁぁっ！」

「ハハハッ、そうだろう！」

愉快そうに笑う隆由が、花梨の尻に何度も腰を打ちつける。粘着質の卑猥《ひわい》な水音とともに、肉のぶつかる音が室内にこだまする。

「んふぅ……んっ！　んむぅぅ……、ぷはぁぁぁっ！　あはぁんっ！　はうぅぅんっ！」

四つん這いの格好で身悶える花梨。その間、葛葉も手を休めることはなしかった。朱唇を重ね、舌を貪り、双丘を揉み上げ、乳首を転がす。

「花梨ちゃん、もっと感じていいのよ？」

「うはぁっ！　んはっ！　は、はいぃぃっ！　んふぅっ！　ふあぁっ！　あぁぁぁっ！」

「そうら、どうだどうだ？」

花梨の背にのしかかる隆由が、肉壺の奥底を突き上げては掻き混ぜる。

「くはぁぁっ！　はあぁぁっ！　ひあぁぁ……、いやぁぁぁっ！」

「おおっ、ますます締めつけてくるぞ。イきそうなのか？」

「ふあぁぁんっ！　はぁ……、はいぃぃっ！　イきそうですぅぅっ！」

言葉と締めつけによって、上下の口で答える花梨。隆由が嗤う。

「仕方のないヤツだ。今日はこれくらいで勘弁してやるか。葛葉、仕上げにかかるぞ！」

「フフッ、いいですわ。花梨ちゃん、もう我慢しなくてもいいのよ」

隆由はピストン運動の速度を上げ、がむしゃらに膣内を蹂躙した。一方の葛葉も、少女の肉体を隅々《すみずみ》までまさぐる。ラストスパートに入った隆由と葛葉の巧みな連携プレイに、花梨の高ぶりは一気に加速していった。思考はマヒし、目が眩《くら》む。

「うくぅっ！　くはぁ……あっ、あぁぁっ！　ダメぇ……、ふあぁぁんっ！　ふあっ！

あぁぁぁっ！　わたし……、わたしぃっ！　も、もう……、ダメぇぇぇっ！」

「可愛い子ね。さあ、イッちゃいなさい」

葛葉の指が、結合部の縁で震える肉芽を摘んだ。背筋を駆け昇る快感に身を捩る花梨。

「あっ！　あはあぁぁん！　うはぁ、ダメぇぇっ！　もうっ、イくぅぅぅぅぅーっ！」

けたたましい絶頂のよがりに合わせ、隆由は最後の一撃を打ち込む。途端に、限界まで膨張した肉棒が爆《は》ぜ、解き放たれた白濁の奔流《ほんりゅう》が膣内に溢れ返った。

「うはぁぁぁ……、はぁ……、射精《で》てるぅぅ……、いっぱい射精てるぅぅ……！」

痙攣するヴァギナで隆由を咥え込んだまま、花梨はグッタリと葛葉にもたれかかる。失神寸前の花梨に、葛葉は優しく口づけた。

「フフッ、本当に可愛い子ね……」


この時代、地方分権・市町村合併が急速に進み、東京23区に対抗して多摩23市が制定されていた。その23市内はおろか全国でも最大規模の学校施設を誇る緑林学園は、旧三鷹市に広大な敷地面積を有している。正門から敷地内を眺める、シンプルな建築の本校舎とは対照的に、モダンアートの如き一種複雑な構造の学科棟が目を引いた。

数々の特別教室が配された学科棟の裏、雑木林に囲まれた一画には茶道部の部室があった。室町期の様式を色濃く再現した建物は、部活のためだけでなく来賓《らいひん》を迎えるための茶室をも兼ねている。

放課後、和服に着替えた七香は、厳《おごそ》かな気持ちで茶室に足を踏み入れた。すると……。

「あ……、理事長先生？　どうしてここに？」

室内にいたのは隆由である。部員や顧問の教師の姿はなかった。

「七香を待っていたのだよ。一服所望しようと思ってな」

「はい。喜んで」

ニッコリ微笑んだ七香が、茶道具に手を伸ばそうと身体の向きを変える。その無防備な体勢の隙を衝《つ》き、隆由は少女に襲いかかった。和服の襟首《えりくび》を掴んで乱暴に押し倒し、歪んだ笑みを湛えて獲物を見降ろす。

「あっ⁉　り……、理事長せんせ……⁉」

「クク……。和服姿というのも、制服の時とは違う趣があるな」

着物の袷《あわせ》に手をかけ、無造作に胸もとを開く。露になった膨らみは、オトコを知っても相変わらず未成熟なままだ。なだらかな肉丘の頂に咲く淡いピンクの輪。隆由が舌を這わせると、色づく乳輪の中心で小さな突起がかすかに震えた。

「アアッ！　いやあ……、やめてぇっ！　お願いっ、せんせ……！」

叫ぶ七香には構わず、今度は着物の裾《すそ》を開いて下腹部からショーツを奪い去る。

「いやあぁっ！　ウソ……、やだぁあっ！」

「何が嫌なんだ？　この間は散々よがっていたくせに、今さら何を言う。気持ちよかったんだろう？　もっと挿入れて欲しいんだろう？」

「だってぇ、お母様に叱《しか》られます。神聖なお茶室で……、男の方と……こんなこと……」

茶道の家元である七香の母親は、少女が物心つく以前から茶の湯の英才教育を施してきた。七香が世間知らずな無垢な娘に育ったのは、母親のスパルタ教育によって猥雑《わいざつ》な世俗の情報を遮断した結果なのである。そして父親の篠崎代議士もまた、別の理由から七香を箱入りに育て上げたのだが、少女はそのことを知る由もなかった。

「いいか、七香。道具というのものは使うためにある。両親が手塩にかけて作り上げた名器も、それは同じだ。そしてその名器は俺に献上された。それが七香、お前なのだよ」

隆由が言う。けれど、にわかには信じられないセリフだった。

「そ……、そんなっ⁉　お父様は、わたしを道具だなんて思ってない！　だってぇ……、七香は宝だって……、大事な宝物だって……、そう言ってたからぁっ！」

「クク、ものは言いようだな。まあいいさ。それはお前の父親に確認すれば済むことだ」

低く嗤う隆由は、なんの翳《かげ》りもない下腹部に顔を埋め、可憐な花びらに口づけた。

「い……、いやぁあああっ！　やめてぇ……、お願いっ！」

今回は媚薬を使っていないものの、少女はおかっぱの髪を振り乱して身悶える。たっぷりと舌で舐《ねぶ》られ、媚肉の隙間からジワリと蜜が滲みでた。

「フフ、そうは言っても、ここはそう言っていないぞ。イヤラシイ涎《よだれ》を垂らして、挿入れられることを望んでいるじゃないか」

舌先で淫蜜を掬《すく》い、柔肉に穿《うが》たれた熱い泉を物色する。

「なんと言っても、今のお前は俺のモノなのだからな。たっぷり犯し尽くし、身体の隅々まで堪能し尽くしてやる。当面、飽きるまで手放すつもりはない」

予想もしなかった言葉を浴びせられ、小さな胸に抱いていた恋心が無惨に砕け散った。

「お前は俺の奴隷だ。俺だけの肉奴隷だ。言ってみろ、七香。俺を〝ご主人様〟と。自分は〝イヤラシイ肉奴隷〟だと！」

茫然《ぼうぜん》とする七香に覆い被さり、隆由はズボンから引っぱりだした猛《たけ》る分身を秘裂に押し当てる。溢れでる蜜を絡めるように、グリグリと肉棒の先端でこね回す。

「はぁあっ！　そ……、そんなこと言われてもぉっ！　わたし……、あっ、あうぅん！」

「フフ、感じているじゃないか。俺に責められてアソコがグジュグジュになっているぞ」

頃合いを見計らい、隆由はグイと腰を突き入れた。ヒクつき喘ぐ淫唇を割り開き、灼熱の剛直が少女の下腹部を貫く。

「うあっ！　あっ、ハァンッ！　んんぅっ、あんっ！　あっ、ああんんっ！」

激しく喘ぐ七香は必死に抗《あらが》うが、抵抗虚《むな》しく肉棒はズブズブと最奥まで埋まった。

「ああ、先生っ！　わたし……、わたしぃっ！　ダメえっ！　こ、こんなこと、ダメ!!」

下腹部を貫かれて身悶える少女の姿は、手の中で震える雛鳥《ひなどり》を連想させる。それほどに七香は、隆由の嗜虐心を酷く煽《あお》った。はだけた胸もとへ顔を寄せ、うっすら汗ばむ瑞々《みずみず》しい肌へ舌を這わす。ピンと張り凝る乳首を転がしながら、徐々に腰を動かす隆由が言う。
「下の口は正直だな。お前の膣内《なか》、凄く蕩《とろ》けて、俺に犯されて気持ちいいと言ってるぞ」
「わたし……、アッ、お願い……、やめて……、せんせ……！　わたし……、ハァッ、あ
あっ、もとの生活に……、あっ、戻してぇっ！」
「おっと、それはできない相談だな。こんなに感じているくせに。それに、さっきも言っ
たが、これはお前の父親からの申し出なのだ。選挙が近づいて、カネが必要なのさ」
「ウソ……、アッ、ウソぉ……！　そんなっ！　そんなの……ウソ……、ウソぉ……！」
「嘘なものか。なんなら直接訊《き》いてみるといい」
背広の内ポケットから携帯電話を取りだすと、行為を続けながら器用に操作した。あら
かじめハンズフリーモードに設定しておいたので、スピーカーから短い発信音が流れたあ
と、篠崎代議士が独特の甲高《かんだか》い声で「もしもし？」と言うのが聞こえた。
「ああっ！　はぁ……、はっ、お父さん！　あうっ！　た、助けてぇっ！」
七香が叫ぶ。だが、スピーカーから聞こえてきたのは酷く呑気《のんき》な声だった。
『おお、七香。元気か？　お父さン、もうすぐ選挙なンだ。忙しいンで会いに行けなくて
ごめンな。お父さン、選挙頑張《がんば》るからな。選挙に落ちたら、お父さンもただの人になっち
まうンだ。だから頑張るンだ。七香、お前もお父さンのために働いてくれるな？　ちょっ
と我慢するだけでいい。そうすれば、すぐに気持ちよくなれるからな』

「お……、お父さん……⁉　どうして……、どうしてぇっ⁉」

『どうもこうもない。そのためにわざわざ孤児院からお前を引き取ったンだからな。お母さンも承知の上だ。だから七香、くれぐれもよろしく頼ンだぞ。もう切るからな』

「えっ⁉　お父さん……⁉　お父さ……」

驚愕《きょうがく》の表情を浮かべる七香が呼びかけても、もはやスピーカーからは〝ツーツー〟という音しか聞こえない。隆由は〝切〟ボタンを押し、携帯電話を内ポケットにしまった。

「ククク……。そう言うわけだ。さっきの言葉は本当だったんだよ、七香。お前は、捨てられたんだ。捨てるために拾われたんだ。そして今、お前は俺のモノになった。俺だけの肉奴隷として、お前は売られたんだ！　肉親と信じていた者達に売り払われたんだよ！」

残酷な現実を思い知らすように、隆由は腰を打ちつける。グチュグチュと卑猥な音を立ててむせび泣く肉襞を擦り上げ、少女の体内で抑《おさ》えつけられていた淫欲を解放していく。

「ハァン！　あっ！　せ、先生……、わたし……、あっ、帰る場所……なくなって……、ああぁんん！　お父さん……、はぁっ、お母さん……、みんな、わたしを……捨てて！」

「そう悲しむことはない。この俺がいるからな。お前が俺の奴隷である限り。俺に突っ込まれて悦《よろこ》ぶ淫らな肉奴隷である限り。俺だけはお前を捨てない。手放しはしない」

「はぁぁ、わたしの場所は……、ここだけなのぉ？　この、熱い……、キモチイイ……場所……だけ……？　ああ……、もうわからないよぉ。わたしを叱ったお母さんも……、優しかったお父さんも……、どこに……いっちゃったのぉ⁉　わたしを……置いて……」

「いや、違う。すべて幻だったんだよ。記憶のすべてが、そもそも偽りだったんだ」

「全部、幻……？　ああっ！　き、記憶が……、全部……？」

「そう。そして、気持ちいい今だけが残る。イイんだろう？　俺に貫かれ、メチャクチャにされて、堪らないいんだろう？　シーツまで滴らせるくらい気持ちいいんだろう？」

少女の細い太腿を掴み、荒々しく男根を打ち込む。何度も膣奥を突き上げ、華奢な肉体を存分に犯す。茶室の中に、肉と肉とがぶつかり合う淫靡《いんび》な音色が響き渡る。

「ああっ！　そうっ！　わたし……、はぁっ、キモチイイの！　はぁっ、ああっ、キモチイイ……、あっ、キモチイイよぉっ！　せんせ……！」

まだ未成熟な少女の鳴き声。オトコを知って日の浅い肉体は、だが確実に、逞《たくま》しいイチモツを欲して悦ぶオンナのものへと成熟していく。

「あんっ、んあっ！　い……、いいよぉ！　せんせ……、ハァンッ！　おかしくなっちゃうっ！　今までよりもっ、ずっとっ！　ああっ、キモチイイ……、気持ちいいよぉっ！」

「そうだ。よがり狂えばいい。すべてを投げだせばいい。今までの自分を、すべて！」

隆由の発する呪文の言葉が、七香の全身に染み込む。肉の愉悦に身も心も蕩けさせる少女は、発育途上の胸に自ら手を伸ばし、硬く尖った乳首を指の腹で転がした。

「ハァンッ、あっ、いいっ！　せんせ……、あっ、奥に当たってるよおっ！　せんせ……

のが、あぁぁんんっ、お、奥まで挿入《はい》ってるよぉっ！」

官能の涙を幾筋もこぼし、七香は快感に酔いしれる。主を名乗る男が繰り広げる激しい抽送だけが、唯一心の痛みを忘れさせてくれた。

「アンッ、アンンッ！　わたし……、あっ、もう戻るとこないからぁ……、だからぁ、あんっ、せんせ、お願いっ！　もっとぉっ！　もっとぉっ、メチャクチャにしてぇっ！」

言われるまでもない。隆由は猛然とラッシュをかけた。

肉親と信じて疑わなかった人々が、家族と信じて疑わなかった人々が、一瞬にしてただの幻と消えたのだ。自らの存在そのものが、愚劣な政治家のパワーゲームに道具として利用され、犠牲となったのだ。自暴自棄になるのも当然だろう。

それでも……、それだからこそ、ご主人様である隆由にすがるしかなかった。淫らな肉奴隷として。いつしか少女の心は、被虐の悦びに目覚め始めていた。

「アンッ、あっ！　イっちゃうっ、イっちゃうぅっ！　わたし……、はぁん、せんせっ、ハァンゥッ！　イくっ！　あんっ、イくぅっ！　あっ、あぁぁぁぁぁぁぁーっ!!」

怒濤のピストン運動の果てに、七香が一際激しく身を震わせる。絶頂に伴う強烈な締めつけが、臨界を超えて膨張する肉棒を爆発させた。狭い肉壺内に迸る灼熱の濁流。その熱を感じながら、少女の意識は深い闇《やみ》の底へと没した。

「ようこそ、七香。あらためてお前を歓迎するぞ」

自らの意志で肉の奴隷となった少女は、悦楽の虜《とりこ》となり、失神してもなお締めつけをやめない。その体内に白濁の粘液を流し込みながら、隆由は唇の端を少しだけ持ち上げた。

隆由のもとへ〝よくない知らせ〟が届いたのは、七香を堕としてから数日後のことだ。秘書の葛葉がもたらした知らせは、山岡大三郎に関する件だった。

「まだ未確認情報ではありますけど……」

そう前置きした上で、葛葉は淡々と告げる。

「山岡氏の女性問題がマスコミに洩れた恐れがあります」

言わずと知れた、娘の花梨を貶《おとし》めるためのスキャンダルのことである。

「なんてことだ……。まあ、あれだけ派手に女遊びをしていれば嗅《か》ぎつけられもするだろうが、マスコミに騒がれてはせっかく我々が秘匿《ひとく》していたのも無意味になってしまうな」

ため息をついた隆由はチラリと秘書を見やった。

「お前が花梨を気に入っていたようだから、いろいろ手を尽くしてやったのだがな」

「あの子を見ていると昔のわたしを思いだすんです。考えてることがわかるくらいに」

「まったくだ。お陰でわたしにもよくわかるぞ。あの時にしても、敢えて隙を作ってやったのだが……。まあ、むしろより残酷な結果になってしまったわけだがな」

隆由の言う〝あの時〟とは、花梨が写真を奪おうとした時のことだ。

「あら、お気づきでしたの？　なんでもお見通しなんですね。意地悪なこと」

「当然だ。それでも、お前に免じて知らぬフリをしてやったのだぞ。罰も与えずにな」

「どのみち時間の問題でしょう。それより山岡氏の件、どうされますか？」

「何事も潮時というものがある。そろそろ、次の段階へ移行する時期かもしれんな」

「そうですね。でも、あまり酷いことはしないで下さいね？」

そう言って葛葉が笑う。隆由は「やれやれ」とばかりに肩を竦《すく》め、引き続きの情報収集を葛葉に下命した。


「その後、お父様の様子はどうだね？」

放課後に花梨を理事長室へと呼びだした隆由は、わざとらしい口調で言った。

「わたしより……、理事長のほうが詳しいんじゃないですか？」

「うむ。相も変わらずお盛んのようだ」

それが災いし、明日にもスキャンダルが報じられるだろう。前日提出された葛葉の調査報告書が、そう告げていた。タイムリミットはあと半日。残された時間で、花梨を完璧《かんぺき》な肉奴隷に仕上げる。時間との闘いは調教の醍醐味《だいごみ》のひとつだ。隆由はそう考えていた。

「それはそうと、今日はお前のために面白いものを用意したぞ」

「面白いもの……？」

「うむ。夜になったら見せてやる」

緑林学園の理事長に隆由が就任した時、彼は大規模な経営改革に着手した。その一環として、廃止した中等部の敷地に学生寮を建《た》てた。全寮制の採用は、優秀な生徒を全国から集めるための手段である。同時に、生贄となる獲物を24時間管理するための方策でもあった。そう。理事長になる以前、まだ隆由が一介の理事だった頃から、彼は現在の学園を形作る明確な青写真を思い描いていたのだ。それはともかく……。

夜になるまでの間、隆由は花梨に理事長室で自習をするよう命じる。淫らな課外授業ではなく、まっとうな数学の勉強を、だ。花梨は数学の成績が芳《かんば》しくなかった。学園の生徒は、殊に隆由の肉奴隷となる少女達は、常に成績優秀でなければならないのである。

数学の参考書と格闘する花梨を横目で眺め、隆由は自分の幼少期を思い起こしていた。

日本屈指の一大コングロマリットを形成する玉越財閥。隆由は、すでに他界した前当主の庶子《しょし》であった。母親の死去に伴い10歳にして認知された隆由は、玉越家に引き取られ、別邸に隔離されて育てられた。そこで帝王学等の英才教育を施され、父の死後は遺言により学園の運営を任されたのである。やがて、カリスマ指導者としての頭角を顕《あらわ》した彼は、親族や兄姉達を策謀により追い落とし、現在は実質的な財閥の総帥《そうすい》として君臨している。ただし、彼にはもはや財閥そのものは単なる道具でしかなく、便宜的に親族や兄姉を名ばかりの重要ポストに置いて、自らの側近達を使い、裏から実効支配していた。それ故、彼の威光は裏社会においてなおいっそう効力を発揮することとなる。

玉越家の別邸は、本邸に負けず劣らずのお屋敷だった。そこで暮らすのは、隆由の他には数人の使用人と、遊び相手としてどこからか連れてこられた同世代の葛葉だけ。隔離されたまま勉強漬けの生活を送った少年時代、彼の横にはいつも葛葉がいた。

隆由はチラリと花梨を眺める。昔の葛葉に似てるとはいえ、知力については雲泥の差だと隆由は思った。彼が現在の地位にあるのも、葛葉の公私に渡るサポートがあったればこそだ。それは昔から変わっていない。

与えられた数学の課題を花梨が終えたのは、夜も9時を回った頃だった。正規の授業のあとに6時間以上も勉強したことになる。少女は疲労の色を隠せなかった。頭の中で、方程式やら数式がグルグルととぐろを巻いている。

「もう校舎には誰も残っていないな。では、始めようか。これを身に着けるんだ」

「な、なんですか、これ?」

目の前に出された衣装に花梨は仰天する。一見セパレーツの水着のようなそれは、SM用のボンデージスーツだった。むろん、花梨にはそうした知識などなかったが、明らかにいかがわしいものであることはすぐに理解できた。

「四の五の言わずにさっさと身に着けろ。夜のお散歩に出かけようではないか」

「そんな……!」

思わず尻込みしたものの、例の写真をチラつかせる隆由に逆らうことはできない。仕方なく花梨は、残忍な笑みを浮かべる隆由に見つめられながら、苦労してボンデージを身に着ける。隆由の指示で、スカートとソックスは脱がずにおいた。それでも、革の上衣は乳房をくびるようにくり貫かれていたので、酷く淫靡な格好である。

あまつさえ、その場に四つん這いになることを命じられた花梨は、ボンデージの留め金をきつく締め直された挙げ句、口にはギャグボール、首には紐《ひも》のついた首輪をはめられてしまう。屈辱的な格好を強要されても、勉強疲れで頭が重い花梨は、さしたる抵抗を示さなかった。彼女にしてみれば、こんなこと早く済ましてしまおうという気持ちが強かったのだろう。けれど、隆由の用意したものはそれだけに留まらなかった。

四つん這いのポーズを取る花梨のスカートを腰まで捲《めく》り上げると、下腹部には革ベルトを組み合わせたTフロント/Tバックパンツが喰《く》い込んでいる。そのクロッチ部に相当する部分には穴が穿たれ、秘唇が丸見えになっていた。隆由はそこをめがけ、専用のリモコン式バイブレーターを無造作に突っ込んだのだ。

「ひっ!?　ひぐぅぅぅぅぅぅぅぅーっ!!」

理事長室にくぐもった悲鳴がこだました。身悶える花梨がバイブを吐きださぬよう、隆由はボンデージの留め金でモーター部をきっちり固定する。そうしておいてから彼は、首輪につけられた紐を引っ張った。〝夜のお散歩〟の始まりである。

「どうした？　さっさと歩かないか」

「んむぅっ！　ふぅうう、んふぅぅぅっ！」

花梨が抗議らしき声をあげるが、口に噛まされたギャグボールのせいで、何を言っても言葉にならない。それをいいことに、隆由は一方的に物事を進めた。

「しっかり歩かないと、お仕置きだぞ」

言いながら、手にしたリモコンのスイッチを入れる。花梨の秘部に挿入されたバイブが鈍い唸りをあげて振動する。

「んあっ!?　んっ、んんっ！　んふぅぅぅーっ！」

「そら、どうした？　これでも歩けんか？　もっと振動を強くして欲しいのか？」

冗談ではない。いきなりバイブを挿入された時点で、もうすでに歩ける状態ではなかった。なのに、下腹部をこうも絶え間なく刺激され、どうせよと言うのか。だが、拒否することはできなかった。所詮自分には選択の余地はないのだ。父親のため、家族のため、そして自分のためにも、我が身を犠牲にするしかないのである。

でも、だけど……。花梨はふと考える。自分が犠牲になったところで、いったい何が護れると言うのだろう。どう足掻いても、この地獄のような状況から逃れることなどできはしない。もしかしたら、父親は今この瞬間も、見知らぬ女性と淫らな行為に耽《ふけ》っているかもしれない。花梨とは違い、自らの意志で快楽に浸っているかもしれない。そんなこと、あまりに不公平ではないか！

どれほど身を犠牲にしても、誰も褒《ほ》めてはくれない。ご褒美がない。そのことに気づいてしまった花梨は、自分の考えたことに戦慄《せんりつ》した。なぜなら彼女は、唯一褒めてくれるであろう存在、ご褒美に目眩く快感を与えてくれる存在に頼ろうとしていたのだ。

ダメ！　そんなのダメ！　心の中で叫びつつも、一度考えてしまったことを拭《ぬぐ》い去れない。大きくかぶりを振った彼女は、自分自身に言い聞かせる。

違う！　違うの！　パパを裏切るんじゃない。これは、パパのためなの！

「んふぅ……、んむっ！　んん……、んんっ！　んふぅぅぅっ！」

腰をガクガクと震わせながら、なんとか前に進もうとする花梨。

「そうだ、そうやって歩くんだ。犬はご主人様の命令に忠実でなければな」

「んん……、んむぅぅっ！　んっ、んぅぅ……、んふぅぅっ！　んっ……、んむぅっ！」

なんとか理事長室の外まで歩いたところで、花梨は廊下の隅にうずくまった。珠《たま》のような汗を流し、ボンデージにくびられた肌が薄紅色《うすべにいろ》に染まっている。バイブを埋め込まれた股間《こかん》は、溢れだした大量の淫蜜でヌラヌラ濡れ光っていた。

「嫌がっている割にアソコはびっしょりだな。犬の格好をさせられて感じてるんだろう」

「んっ、んぅぅ……、んむぅっ！　んんぅっ、んっ、んふぅっ！　んんっ、んーっ！」

激しく喘ぐ花梨が、首を横に振って隆由の言葉を否定した。

「なんだ、違うとでも言いたいのか？」

「んふぅぅ……！」

今度は、そうだとばかりに首を縦に振る。

「それにしては濡れてるじゃないか。普通に抱かれる時より多いんじゃないのかね？」

「んふぅぅっ！　んむぅぅんっ！」

花梨が先ほどより強く首を横に振った。だがしかし、隆由にしてみれば花梨の抗いは思う壺でしかない。彼は紐をピンッと引っ張った。

「何を言っているのかわからんなァ。反抗的な犬には躾《しつけ》が必要だ。犬は常にご主人様の横を歩かなければならないぞ。速すぎても遅すぎてもダメなのだ。しっかりついてこいよ」

「んんーっ！　んふぅぅ……、んむぅぅんっ！　んっ、んぅうっ！　んむぅぅーっ！」

大股《おおまた》で廊下を歩きだす隆由に、花梨は四肢を突っ張って踏み留まろうとする。その動きが、結果として下腹部に埋め込まれたバイブの刺激を強烈にさせてしまった。

「んふぅぅっ！　んっ、んむぅぅんっ！　んふっ、んん……、んっ、んぅぅーっ！」

堪らず四つん這いで隆由のあとについていく花梨。けれど、バイブがもたらす快楽に翻《ほん》弄《ろう》されたままでは、隆由の歩く速度に合わせられるはずもない。もっともそれ以前に、そもそも人間の体は四本足で歩くようにはできていないのだからなおさらだ。

「んむっ！　んぅうぅ……、んっ！　ん……、んんっ！　んふっ、んふぅぅっ！」

大した距離も進まぬうちに、呻《うめ》きをあげる花梨が再び廊下にうずくまる。隆由は足を止め、大袈裟《おおげさ》にため息をついた。

「そんなことではいかんなァ。立派な犬にはなれんぞ？」

「んむぅぅっ！　んーっ！　んふぅぅんっ！」

目に涙を浮かべ、花梨が駄々《だだ》っ子《こ》よろしく左右に首を振る。だが、ここでも隆由は花梨の言い分に耳を貸そうともしなかった。それどころか……。

「なになに、もっと速く歩いて下さい？　そうかそうか、遅すぎてやる気がでなかったのか。わかったわかった。そら、スピードを上げるぞ」

言うが早いか、隆由は早足で歩きだす。紐に引っ張られ、首輪が喉《のど》を絞め上げた。

「んふっ⁉　んむぅっ、んーっ！　んふぅぅっ！　んむっ、んぅぅうっ！」

結局花梨は、そのまま無理矢理引きずられて、非常口から中庭へと連れだされる。

その夜の空は、厚い雲が低く垂れ込めていた。闇の中、中庭の三方を囲む明かりの消えた校舎。中庭をわずかに照らすのは、点在する野外照明と遠くの街明かりくらいだ。

四つん這いの花梨を連れ歩く隆由の姿は、まさに犬の散歩さながらだった。学園からほど近い井の頭公園でよく見かける光景と似ている。ただし隆由の飼犬は、木立や茂みに顔を突っ込んでにおいを嗅ぎまわることも、主を引っ張ってはしゃぐこともなかった。植え込みの一画でヘタリ込み、それきり動けなくなっていた。

「ふう、あまりわたしを困らせないでくれ。お前のためを思ってやっているのだよ」

隆由が言う。すぐに花梨は反論を試みるが、口を塞ぐギャグボールのせいで「んんっ」とか「んむぅぅーっ！」といった呻きにしかならない。とはいえ、まともに言葉を言えたところで状況は変わりはしないだろうが。

「ほら、いつまでも唸ってばかりいないで、元気に〝ワン〟と鳴いてみろ」

ついに花梨は呻きをあげることすら諦め、顔を背《そむ》けて黙り込んだ。すると隆由が、何度も紐を強く引っ張って催促する。ギリリと首輪が喉に喰い込み、呼吸すら困難になる。

「どうした？　わたしは鳴けと言ったのだよ！」

隆由は容赦なく紐を引っ張り続ける。ほどなく、耐え切れなくなった花梨は、少しでも楽になろうと身を起こし、隆由の言葉に従った。

「んぅぅ……、んぅぅ……、ふぉんっ！」

「そうだ、いいぞォ。もっと鳴け」

「ふぉんっ！　ふぉんっ！　ふぉんっ！　ふぉんっ！　ふぉん……！」

涙を流しながら吠《ほ》える花梨。その様を見降ろす隆由の顔には満足の笑みが浮かぶ。

「そうだ、やればできるじゃないか。ご褒美にバイブの強さをひとつ上げてやろう」

ギョッとする花梨が身を強《こわ》ばらせた瞬間、リモコンの目盛りが押し上げられた。

「ふぅっ！　んふぅぅっ！　んむぅっ、んんぅぅっ！　んぅっ、んむぅぅぅーっ！」

堪らず全身を激しく痙攣させる花梨。身悶える肢体の下の地面に、太腿のつけ根から溢れる淫蜜が滴り、黒々とした染みを作っていく。

気が狂いそうだった。いや、いっそのこと狂ってしまえればどんなにか楽だろう。楽になりたかった。父親のスキャンダルなど、もはやどうでもいい。そんなものの犠牲になるのは、もううんざりだ。今はただ、一刻も早く楽になりたかった。

父親のことをふっきった花梨は、自ら積極的に快楽を貪り始める。込み上げる高ぶりを絶頂へ導こうと、剥《む》きだしのヒップを激しく揺する。

「んふっ、んむぅぅ……、んっ、んんぅぅ……、んむっ、んぅぅぅっ！」

目に見えぬ牡犬《おすいぬ》とまぐわうかの如く、四つん這いで身悶える花梨。ショートカットの髪やボンデージにくびられた双丘を振り乱し、突き上げた尻を前後左右に振る。時折、軽く背筋をのけ反らせ、小刻みな痙攣を繰り返す肢体。バイブを咥え込まされて淫蜜を吐きだすヴァギナ同様、ギャグボールを噛まされた口の端からは涎が滴る。ダラダラと垂れる唾液《だえき》が首筋から胸もとまでを濡らし、鮮やかに色づく乳輪や乳首をより艶《なま》めかしく飾った。

「んんぅっ！　ふぅん、ふぅぅぅんんんっ！　ふううっ、うむむぅぅぅぅんんっ！」

「ククッ、犬の格好でイきたいんだな？」

花梨の傍《そば》に屈み込んだ隆由が、耳元で囁く。理性を失った花梨には、それが甘い誘惑の言葉に聞こえた。そう、イきたい。だから……。

「んふぅっ！　んむぅぅっ、んぅーっ！　んむぅっ、んふぅぅっ、んふっ、んんーっ！」

あたかもねだるように、花梨が身を揺すり、隆由へ擦《す》り寄る。

「いいぞ、犬になってイッてしまえ。わたしがここでよく見ておいてやる」

隆由は剥きだしの尻をパシンッと叩いた。その衝撃に、花梨の意識が弾《はじ》ける。

「んむっ！　んぅぅっ！　んっ、んぅぅぅぅぅぅぅぅぅぅぅーっ！」

一際大きく背筋をのけ反らせ、花梨が果てる。隆由がバイブのスイッチを切ってやると、彼女は地面に倒れ伏した。

四肢を投げだし、ビクンビクンと全身をわななかせる花梨。その荒い呼吸は、やがて恍惚の嗚咽《おえつ》へと変化していく。うっとりとした表情には、肉奴隷としての悦びさえ滲んでいた。

「クククッ、もう一人前の犬だな」

その時だった。不意に、背後の茂みで物音がした。

咄嗟《とっさ》に振り返る隆由の顔に、強烈なフラッシュが浴びせられる。瞬間、視界が真っ白に染まった。

「なにっ⁉」

閃光で視力を奪われたわずかな間に、何者かがその場から走り去る。

「パパラッチだとぉ⁉」

遠ざかる足音が消えたのは、学園の寮が建つ方角だった。

第3章　損失

「この学園の裏で行われている悪事、わたしが告発してやるわ！」

パソコンの前に座る相嶋流佳《あいじまるか》は、背筋を伸ばして気合を入れた。

流佳は緑林学園普通科の2年生で、通常の入試によって学園に入学した生徒である。ジャーナリスト志望の彼女は、自分の将来を占う運試しという理由で緑林学園を受験し、入試成績が下から数えたほうが早いという順位ながら、まさに運よく合格したのだ。

以来1年と数カ月、流佳の学園生活は驚きと疑問に満ちていた。最大の驚きは転入生の多さで、最大の疑問は学園のシステムである。昨今の私立校が生き残りを賭《か》けて次々と新基軸を打ちだしているのは知っていたが、この学園はいろんな意味で少々非常識に思えたのだ。あまつさえ、多くの女子生徒、殊《こと》に転入生のほとんどが、理事長である玉越隆由に心酔しているというのが気になった。

「わたしのジャーナリストとしての勘が当たったたってわけよね」

流佳がひとりごちる。

2年に進級してからずっと、彼女は学園内の、とりわけ理事長の様子をつぶさに観察していた。何人かの転入生ともコンタクトを試み、取材まがいのことも行った。その結果、流佳が言うところの〝ジャーナリストの勘〟が、不正のにおいを嗅《か》ぎつけたというわけだ。

当初は金銭絡みの問題と考えていたが、さすがにそうした事実をひとりで調べ上げられるはずもない。けれど、自分の勘に自信を持っていた彼女は、なおも諦《あきら》めずに調査を続けるうち、理事長が女子生徒に不純な関係を強要しているらしいことを突きとめたのである。そして昨晩、流佳はついにその決定的な瞬間を目撃し、カメラにさえ収めていた。机《つくえ》の上に置かれたデジカメに目をやり、流佳は呟《つぶや》く。

「相手の子は、確か……、山岡議員の娘さんだったわよね」

山岡大三郎代議士のスキャンダル発覚は、今日の朝からニュースを賑《にぎ》わせている。おそらくは、その弱みにでもつけ込んだだろう。流佳はそう確信していた。

全寮制の緑林学園は、ある意味閉鎖空間である。外部の者には容易に伺い知れない世界なのだ。殊に千人を超える生徒達《たち》を呑《の》み込む学生寮は、鉄筋コンクリート5階建《だて》ビル24棟と食堂等の関連施設から成り、各科各学年ごと、男女別に丸々1棟が充《あ》てられていた。生徒ひとりひとりに与えられた個室は、バス・トイレ・エアコン完備の10畳間のワンルームで、〝鞄《かばん》ひとつで入寮できます〟を謳《うたい》文句に家具や日常品、はたまたAV機能搭載型のパソコンに至るまでを備える。また、関連施設のひとつである購買部棟は、さながら小さなデパートで、鉛筆1本から高級ブランド衣料までもを取り扱っている。パソコンによるネット通販と併用すれば、買い物のために学園の外へ出る必要さえない。

そんな密室的世界の頂点に座す理事長の悪行を暴くのは、当然内部の者にしかできはしない。けれど皆、権力者である理事長に懐柔されているのか、あるいは脅されでもしているのか、今まで問題が取《と》り沙汰《ざた》された形跡は微塵《みじん》もなかった。

いずれにしても自分がやるしかない。流佳は誓う。ひとりのジャーナリストとして。

「まず告発用のホームページを作って、それにたっくさんの掲示板からリンクを貼《は》って、そしてマスコミ各社にメールを送る」

キィボードとマウスを操作し、流佳はFTPソフトを起動させた。さすがに興奮しているらしく、先ほどから独言が多い。無理もないだろう。彼女は今、まだ誰《だれ》も知らない悪事を、たったひとりで暴こうとしているのだから。

流佳は、理事長の隆由や緑林学園のバックボーンについても調べていた。

そもそも学園は、国内屈指の企業体である玉越グループの一角を担っているわけだが、とりわけ前会長の末子である隆由が理事長に就任してから著しい成長を遂げている。中等部を廃止するなどの合理化をする一方、周囲の土地を買収して敷地面積を大幅に拡大した。なおも経営に辣腕《らつわん》を振るう隆由は、学園の知名度を利用して地域振興にもひと役買い、多摩23市制定にも多大な貢献を果たした。その分、在校生及び卒業生の親には著名人や資産家、政治家が多く、彼らからの寄付も相当額に上っている。それだけに、利権の絡んだ各界との黒い繋《つな》がりがありそうだと流佳は睨《にら》んでいた。だとすれば、マスコミに情報を送っただけでは、さしたる効果は期待できないかもしれない。裏取引によって握り潰《つぶ》される可能性もある。

「その点、ネットで公開してしまえば簡単に潰すことは不可能よ！」

しかも彼女の手には決定的な証拠がある。録音した音声や、画質が多少粗いものの、人物の特定は充分に可能な画像。それらの証拠品を使って隆由の淫行《いんこう》を暴露し、それを足がかりに、外部の人間の力を借りて闇《やみ》に隠された不正を燻《いぶ》りだそうというのだ。

「海外のフリースペースまで含めて、ミラーサイトは大量に用意してあるし、コレをすべて潰すことは難しいハズ」

もしも本家サイトを潰されてしまったとしても、画像も、文章も、いくらでもコピーができる。

「つまりは他の人がアップしてくれるって寸法よ！　そうすれば、メディアも無視できないわ。ヤツにだって、敵はいる。そいつの目にさえとまれば……」

20世紀末からのインターネットの普及は、社会に大変革をもたらした。ある個人が作成した告発ページから大きな社会問題にまで発展した事例というのは枚挙に暇《いとま》がない。とりわけ、人間の野次馬根性を煽《あお》るようなネタ、つまり暴露話等はいつでも歓迎される傾向にある。その真偽のほどはともかくとしてもだ。しかも今回の場合、音声、画像という確たる証拠がある。女生徒を喰《く》いものにする理事長の悪行。画像、音声とも客寄せに一役買ってくれるだろう。話題になることだけは間違いない。流佳は意気込んで操作を続けた。

「ネットで一度火がついたら止められないわよ〜っ！　覚悟なさい、悪徳理事長!!　うふふ、あのキザったらしい理事長の、慌てる様が目に浮かぶわぁ〜！」

ところが……。順調に進んでいたかに見えたアップロードだったが、妙に時間がかかっている。オマケに、残りわずかというところで、突然ネットワークの接続が切断されてしまった。高速大容量の光ファイバー通信網が整備された現在においては珍しいことだ。

「えぇ～っ、どうしてよ⁉　これからって時にぃ。もう一度接続しなきゃ……」

流佳は悪態をつき、マウスを握り直す。ちょうどその時、彼女の部屋のドアがノックされた。ディスプレイの下隅《したすみ》、ナビゲーションバーに表示された時刻は21時13分。消灯時間まではまだ間があるが、いったい誰だろう。間隔を置いて、再びノックが聞こえる。

「はっ、はいっ。だ、誰ですか……？」

鳴り止まぬノックに催促された流佳は、念のためにパニックモード用のダミー画面を表示させ、席を離れた。ドアの前に立ち、流佳はもう一度相手を確認する。すると扉の向こうの人物は、理事長の秘書をしている永江葛葉と名乗った。

理事長の秘書が訪ねてくるなんて、タイミングがよすぎるわ。流佳は訝《いぶか》るが、追い返す理由が咄嗟《とっさ》に思いつかない。

「開けていただけますか？　実は、あなたに折り入ってご相談したいことがあるんです」

「えっ？　あ……、は、はい……」

葛葉が口にした言葉に反応し、流佳はついドアを開けてしまう。相手が女性だったことや口調の丁寧さが、少女を油断させたのかもしれない。だが、後悔先に立たず、である。

「ククク ッ、やはり子供だな」

扉を開けた先にいきなり現れた隆由の姿に、流佳は凍りついたように立ち竦《すく》んだ。隆由の肩越しに、葛葉が顔をのぞかせる。

「フフッ、ごめんなさいね」

妖《あや》しく笑い、葛葉がウインクをした。次の瞬間、唖然《あぜん》とする流佳を押し退《の》け、隆由はズカズカと部屋に踏み込む。あとから続く葛葉は、静かにドアを閉め、鍵《かぎ》をかけた。

「お前の間抜けさには呆《あき》れるな。普通、おかしいと思わんのか？」

「くっ、騙《だま》したのね⁉」

「騙されるほうがどうかしてる……と言いたいところだが、相談があるのは事実だ」

隆由はそう言い、おもむろに椅子《いす》を掴《つか》んで腰を降ろした。さっきまで流佳が座っていた椅子である。ディスプレイにはダミー画面が映っているだけだが、流佳は内心気が気でない。なんとか逃げ切ろうと平静を装う。

「な……、なんのお話でしょうか？」

「お前の入学願書をあらためて読ませてもらったよ。ジャーナリスト志望だそうだが？」

「それが、何か？」

「俺《おれ》には友人が大勢いる。多岐《たき》に渡ってな。むろん、マスコミの人間……、それこそお前が志望するジャーナリストにも、だ」

流佳は、隆由が何を言わんとしているのか計りかねていた。けれど、彼の影響力を考慮し、ネットによる告発を試みた自分の判断は間違っていなかったと思った。もっとも、その試みはまだ途中ではあったが。そして、それを嘲笑《あざわら》うかの如《ごと》く隆由が続ける。

「ネットを使うというアイディアはよかった。だが、灯台もと暗しというヤツだ」

まさか、バレてる⁉　途端に流佳の顔が蒼《あお》ざめた。

「すべての端末は学園のメインサーバを介して外部にアクセスする仕組みでね。個人サイトの起ち上げや更新からBBSの書き込み、果てはチャットに至るまで、逐一検閲した上でアクセス先に転送されることになっている」

「じゃあ……、さっき切断されたのは……！」

椅子の背もたれにふん反《ぞ》り返る隆由は、「そのとおり！」と勝者の笑みを浮かべた。

「鉄壁のセキュリティを誇る我が学園に外部の者が侵入することなど不可能だ。つまりパパラッチは内部の者ということになる。あの時間に校内にいたのなら、生徒とみて間違いない。寮棟の出入り口には監視カメラがあってね、犯人を特定するのは容易《たやす》かったよ」

無言のまま、がっくりとうなだれる流佳。そんな少女に、隆由は追い討ちをかける。

「あとは確たる証拠だが、それもさっきの説明で明らかだろう？　他に疑問はあるか？」

「わたしの……負けってコト……？」

「まあ、素人にしてはよくやったほうだ。60点というところだな」

「くっ！　悔しいっ!!」

すっかり手玉に取られた流佳は、両方の拳《こぶし》を握り締め、ワナワナと身を震わせた。

「さて、ゲームはここまでだ、フロイライン」

そう言うと、隆由は机に置かれていたデジタルカメラを手に椅子から立ち上がった。電源を入れメモリに保存されていた画像を確認すると、隆由が山岡花梨を調教する様が次々とディスプレイに映しだされる。

「ほう、なかなかいいカメラだな。動画も撮《と》れるのか」

メモリから画像をすべて消去し、彼はカメラのレンズを流佳へと向けた。

「な、何をする気……!?」

「フン、参加料を払って貰《もら》おうってことさ」

隆由が顎《あご》をしゃくって合図をすると、それまでベッドの傍《そば》でふたりのやり取りを眺めていただけの葛葉が行動を起こす。足音も立てずに流佳の背後へ回り込むや否や、素早く少女の肩に手をかける。不意を衝《つ》かれた流佳が後ろを振り返ろうとして重心を踵《かかと》にかけた瞬間、葛葉はその足を払い、見事な体捌《たいさば》きでベッドへと引き倒した。それは、あっと言う間の出来事だった。自分の身に何が起こったのかさえわからぬまま、流佳は葛葉に組み伏せられる。白いシーツの海の上で、緑林学園普通科の短大・専門学校進学コースを示す、光沢あるライムグリーンが鮮やかなセーラー服がジタバタともがく。

「きゃぁぁぁぁぁっ！　ちょっと放してよぉぉっ！」

流佳がどんなに身を暴れさせても、不思議なことに葛葉からは逃れることはできなかった。ふたりの体格差などさほどあるわけでもない。まして葛葉は、大して力を入れているようにも見えない。にもかかわらず、葛葉は苦もなく少女の両腕を押さえ込んでいた。

「クックックッ、案外綺麗《きれい》な下着じゃないか」

隆由が笑う。彼が手にしたたしたカメラは、緑林学園入学の祝いに両親がプレゼントしてくれた流佳の愛機である。そのレンズが、こともあろうか捲《めく》れ上がったスカートからのぞくオフホワイトのショーツを狙《ねら》っていた。屈辱と羞恥《しゅうち》が込み上げ、流佳は喚《わめ》く。

「いやぁぁぁっ！　やめてぇぇ……、カメラでなんか撮らないでよぉぉっ！」

「フフフッ、あなただって理事長に同じことをしたんでしょう？」

耳もとで葛葉が囁《ささや》いた。酷《ひど》く冷ややかで残忍な響きを含んだ声だった。彼女は続ける。

「でも心配しないで。今日の理事長はカメラマンに徹するそうだから。あなたの相手はわたしがします。さあ、気持ちよくしてあげるわね」

そう言って、葛葉の左手が流佳の制服へと伸びた。セーラー服の裾《すそ》を掴み、スルスルと上衣を捲り上げる。たちまち露《あらわ》になるワッフル地がガーリーなノンワイヤーブラ。悪戯《いたずら》っぽく笑う葛葉は、上衣と一緒にブラをも鎖骨の位置まで捲り上げた。ふたつの胸の膨らみが、カップの下からプルンとこぼれ落ちる。

「ちょ、ちょっと！　やめてぇ……、やめてよぉっ！」

　両手の自由を奪われて胸を隠すこともままならない流佳は、なんとかカメラから逃れようと身を捻《ひね》った。途端に、葛葉の左手が太腿《ふともも》へ添えられ、そのままもの凄《すご》い力でガッチリ押さえつけられてしまう。

「もうっ、おとなしくしてなきゃダメでしょう？　綺麗に撮ってもらえないわよ」

　たしなめる葛葉の指が、腿の上でしなやかに躍《おど》り、裾が乱れたプリーツスカートからのぞくショーツへと這《は》い進んだ。そして、なだらかな下腹部を覆う薄布越しに、ギュッと閉じられた流佳の腿のつけ根、そのプックラ膨らむクロッチ部を万遍なくまさぐる。

「ひゃあっ⁉　あう……、んっ、んあぁ……、あああぁぁぁん！　やだったらぁ！」

　カメラのレンズだけでなく、葛葉の指からも逃げなくてはならなくなり、流佳はいっそう激しく腰を捻った。けれどその動きは、彼女の意図とは裏腹に、凌辱者《りょうじょくしゃ》の前

に艶《なま》めかしい痴態《ちたい》をさらすだけだった。

「ククク ッ。なかなかいい画が撮れそうだぞ」

「ダメぇっ！　やあぁ……、やめて！　やめてぇぇぇ……！」

「フフッ、大丈夫よ。もっと力を抜いて」

全然大丈夫じゃないよぉっ！　胸の内で叫ぶ流佳は、必死に抵抗しようとする。だが、葛葉のテクニックは彼女の予想を遥《はる》かに淩《しの》いでいた。オンナのツボを心得た官能の技。その洗礼を受けた流佳の反骨心は、今や風前の灯火でしかない。

「あぁぁ……、んあぁっ！　はぁ……、あぁっ！　んふぅ……、んくっ、あうぅんっ！」

「ほら、だんだん気持ちよくなってきたでしょう？」

指の腹や爪《つめ》の先を駆使し、ショーツの上から秘裂を愛撫《あいぶ》する葛葉。彼女の発した問いかけに、流佳は答えなかった。いいや、答えることができなかったのだ。少女の唇の隙間《すきま》から洩《も》れるものは、熱い吐息と湿った喘《あえ》ぎだけだった。

「あはぁ……、あ、あうぅ……、んふ、はっ、はうぅん！　んく、くふぅぅんっ！」

いつしか力なくベッドに身を沈める流佳。小刻みな痙攣《けいれん》を繰り返す太腿は、そのつけ根で緩く開かれ、葛葉の指に支配されたクロッチ部を余すところなくカメラの前にさらけだしている。女性の最も敏感な場所を包む二重の生地には、柔肉のクレヴァスに沿って黄ばんだ染みが滲《にじ》んでいた。

「ククク ッ。いいぞォ、濡《ぬ》れてきたな。これはこれで、脱がせてしまうより卑猥《ひわい》だぞ」

「まあ、理事長ったら……。フフフッ」

隆由と葛葉の愉快そうな声が、快感で朦朧《もうろう》とする頭にかすかに響いた。

「んはぁあぁ……、あふぅぅっ！　ダメぇ……、ダメぇぇんっ！　んくっ、ふぅあ、や、やめてぇぇ……！　お願いぃ……、お願いだからぁ……！」

「何を言ってるの？　ほら、あなたのココはもうこんなにグチョグチョよ」

指先をショーツの下へ潜り込ませ、ぬめるワレメの感触を堪能する葛葉。

「うはぁあっ！　ダメぇっ！　そんな……、あはぁあっ！　いっ、いやぁぁぁ……！」

言葉だけの抗《あらが》いを無視した葛葉は、わざとクチュクチュ音を立ててワレメをなぞった。

「ほうら、こんなにイヤラシイ音がしてる。おマメだってこんなに硬くなってるわよ」

葛葉の爪が秘裂の先端で震える肉芽をギュッと摘《つま》む。流佳の身体《からだ》がビクンと震えた。

「あくっ⁉　あぅぅ！　そ、そこは……、ああっ！　ダメぇっ、そこはダメぇぇっ！」

「クククッ、口と違って身体は正直だなァ。大洪水じゃないか」

モニターを覗《のぞ》く隆由が嘲笑うように口を挟むと、葛葉も妖しく笑う。

「フフフッ、ここが感じるのね？　いいわ、もっと気持ちよくしてあげる」

「くはっ！　ち、違うぅ……、あああっ！」

ショーツの下に手首まで挿《さ》し入れ、葛葉の5本の指が激しく蠢《うごめ》いた。

「いっ、いやぁあっ！　ダメぇぇ……、そんなに、しっ、しない……でぇぇ……！　あぁあん、ダメぇぇぇ……！　いやぁぁぁ……、そんなに……、いじらないでぇぇっ！」

不自由な姿勢で身悶《みもだ》え、流佳が懇願する。むろん葛葉は聞く耳を持たない。

「アハァン……、可愛《かわい》いわよ。お姉さんも感じてきちゃったわ」

「ひうぅぅん……、ひあぁぁっ！　あはぁぁん……、くはぁぁっ！」

葛葉の左手が潜り込むショーツは、熱い泉と化したヴァギナから溢《あふ》れでる淫蜜《いんみつ》で、もはや染みどころかぐっしょりと濡れていた。その様子をじっくりカメラに収めたあと、隆由はレンズを上に向ける。モニター画面に恍惚《こうこつ》の表情で喘ぐ流佳の上半身が映しだされる。

「ククク ッ、いい乱れっぷりだぞ。そう、その表情！　いいねェ！」

「そう、もっと感じて。もっと感じていいのよ」

リズミカルに刺激を与え続けていた葛葉の指の動きが、益々ピッチを上げた。流佳の下腹部を支配する心地よい官能の調べが、嵐《あらし》のようなビートへと変化する。

「んふっ、んはぁぁっ！　あくっ、ダメっ！　そんなに……、そんなに動かしちゃっ！」

「フフッ。流佳ちゃん、ヒクヒクしてるわよ。イきそうなの？　イきそうなのね？」

流佳の耳もとに顔を寄せ、葛葉は軽く息を吹きかけながら繰り返し囁いた。

「あふっ、あうぅぅ……、あぁぁぁっ！　ダメぇ……、もうっ、わたしぃ……！」

「フフッ、イッていいわよ。さあっ、イきなさい！」

舌を突きだす葛葉が流佳の耳タブをペロリと舐《な》め、ラストスパートをかける。媚肉《びにく》を擦《こす》り、露に濡れそぼる花びらや蕾《つぼみ》を揉《も》みほぐし、肉芽を転がし捻る。下腹部を中心にして、女芯《にょしん》を蕩《とろ》かす灼熱《しゃくねつ》の高ぶりが全身へ広がる。

「くはっ！　んあぁっ、あっ、ひあぁぁぁんっ！　ダメ、ダメっ！　もう、ダメぇっ！」

痺《しび》れに似た感覚が背筋を駆け昇り、脳天へと突き抜けた。

「あっ、あぁっ、あああああああぁぁぁぁぁぁぁぁ……!!」

絶頂の叫びの途中で、流佳はブルッと身を震わせる。次の瞬間、熱い迸《ほとばし》りを感じた葛葉は、慌ててショーツから掌《てのひら》を抜いた。すると、流佳の恥部にピッタリ貼りついた薄布から金色の温水が派手に溢れだし、シーツの上に見るみる水溜《みずたま》りを作っていった。

「ハハハハッ！　あまりの気持ちよさに小便を漏らすとはな。決定的瞬間が撮れたぞ！」

ベッドに横たわったまま放心する流佳には、嘲《あざけ》り笑う隆由の声も気にならなかった。力の抜けた身体は、別人のもののように感覚が麻痺《まひ》している。唯一彼女が認識しているものは、自分の下腹部から漏れでる温かい感触だけだった。

「さて、このカメラは没収させてもらう。それと、画像をどうするかはお前しだいだ」

シーツの端で手を拭《ぬぐ》い、何事もなかったかのように優雅に立ち上がった葛葉とともに、隆由は少女を見降ろす。ぼんやり宙を見つめる流佳の目の端から涙の雫《しずく》がこぼれる。

「俺は、やられたら必ずやり返す。報復の連鎖を続ける気なら、いつでも受けて立つぞ」

そう言い放ち、隆由は葛葉を連れて部屋を立ち去った。

夏休みを1週間後に控えたある日、理事長室をひと組の父娘《おやこ》が訪れていた。新しい編入生とその親である。もっとも、長期休暇直前のこの時期に、しかも保護者同伴で面接に訪れることは異例中の異例だった。

隆由の前で、冴《さ》えない中年男が汗を拭《ふ》きふき頭を下げる。

「このたびは誠に……、娘の編入を認めていただき、ありがとうございます」

「いや……、お気になさらなくとも構いません。奨学金というものは、あなたのお嬢《じょう》さんのようなお子さんのためにあるのですからな、三橋《みはし》さん」

愛想に彩られた笑みで表面を飾りながら、隆由は男の隣に目を向けた。

「理事長センセ、ホンマに、ありがとうです」

三橋と呼ばれた中年男と並ぶ少女がペコリと頭を下げる。半袖《はんそで》のブラウスに朱色のネクタイ、茶系でまとめられたチェックのプリーツスカートという制服姿の彼女は、どこにでもいるような普通の少女だった。隆由は、以前瀬川月奈にも遣《つか》った本来の予算とは別の、そう、彼自身のポケットマネーによって、この少女、三橋早美《はやみ》を全面援助することにしていた。〝奨学金〟と言ったのは早美に対するポーズである。もっとも彼女は、月奈とは異なり、成績も運動神経も平均的なレベルでしかなく、現段階では飛び抜けた才能があるわけでもなかった。そんな少女に多額の金を注ぎ込むのは、これまたやはり異例といってよい。すべては、学園の支配者たる隆由の個人的裁量によるものだった。

「うむ。しっかり勉強して、お父さんを支えてあげられるよう頑張《がんば》るのだぞ」

隆由の言葉に威勢よく「はい」と応じた早美だったが、すぐに不安げな瞳《ひとみ》で父を見る。

「でも、お父ちゃん。ホンマにええんか……？　家計苦しいんやから、ウチも働きに出たほうがええ思うんやけど」

「アホ！　そこまでお前に苦労させれんわ」

クク……、お涙頂戴《ちょうだい》の浪花節《なにわぶし》か。ふたりのやり取りに、思わず笑いが込み上げる。隆由はゲラゲラ笑いだしたくなるのを必死に堪《こら》え、口を開いた。

「よくできたお子さんですな」

「ウチ、もう子供ちゃうで……！」

「こら、早美！　あのぅ……、すみません……。生意気な娘でして……」

娘を叱《しか》るのもそこそこに、早美の父は申し訳なさそうな視線で隆由の顔色を窺《うかが》う。

「いや、気になさらずとも構いませんぞ」

言いながら、隆由は愉快そうに笑って見せた。実際、愉快で堪《たま》らない。向こうっ気の強い娘なら彼の目的には好都合なのである。

隆由の言葉に恐縮しきりといった男は、ハンカチで額の汗を拭い、安堵《あんど》のため息をついた。早美の父親がそれほどへつらうのには理由がある。関西で細々と町工場を営んでいた三橋家は、数年前に起こった中国バブルの崩壊によるアジア経済の混乱の煽りをもろに受け、あえなく倒産。返済不能の借金を抱えた挙げ句、夜逃げをするに至っていた。悪質な借金取りに追われるハメになった一家は、多摩23市整備計画のどさくさに紛れるようにして、学園のあるこの街へと辿《たど》り着《つ》いたのだ。

ちなみに、この街は隆由のお膝下《ひざもと》である。裏社会に至るまで完全に彼の支配下にある。カモの行方を突き止めた借金取り達も勝手な振る舞いはできず、やむなく隆由のもとを商談と称して訪れていた。交渉の末、隆由は三橋家の負債の全額を引き受け、手打ちとした。つまり、一家の生殺与奪権は隆由の手に握られたわけだ。そのことを心得ている早美の父としては、悪質な取り立て屋から保護してもらった感謝と、膨大な額の借用書を握られている弱味の狭間《はざま》で、戦々恐々とせざるを得ないのである。だが今のところ、隆由はものわかりのいい親切な人物を演じていた。

そもそも、隆由をして三橋家の救済と早美を奨学生として迎え入れるという決断をさせたのは、借金取りがもたらした「三橋のひとり娘は商品にできるほど上玉だ」という情報によるところが大きい。そのネタに反応した隆由ではあったが、いざこうして実際に品定めしてみると、情報はいささか大袈裟《おおげさ》であったと思える。けれど隆由は、さして気にしなかった。むしろ、どこか凡庸《ぼんよう》な少女には、ある種の新鮮味を感じる。

「すまなかったね、早美くん。これからは、君のことを一人前のレディとして扱おう」

芝居《しばい》がかった大仰な会釈をして隆由が微笑《ほほえ》む。穏やかな仮面に安心したのか、早美も表情を和《やわ》らげた。

「はい。ほな、これからよろしゅうお願いします」

「うむ。我が学園は君を歓迎するよ」

右手を差しだすと、早美も細く華奢《きゃしゃ》な腕を伸ばし握手を返す。それを見届けてから、早美の父は「これから仕事がありますんで」と退室を告げた。

「早美、しっかり頑張るんやで。理事長先生、娘をよろしくお頼み申します」

ああ、よろしく頼まれようじゃないか。隆由は心の中で嗤《わら》い、理事長室から出ていく惨めな背中を見送った。そうして、扉が閉まるなり、残された少女に顔を向ける。

「それでは早美くん、隣の部屋で本校のカリキュラムについて説明しよう」

「はいっ！」

ハキハキと返事をし、早美はなんの疑いもなく自ら率先して隣室への扉を開けた。ところが、途端に目に飛び込んできたキングサイズのベッドに、早美はポカンと口を開ける。

「え……？　理事長センセ……、これって……？」

「ククク……、わからないかね？　君にとって一番重要なカリキュラムだよ」

口の端を醜く歪《ゆが》め、隆由は少女の腕を力いっぱい掴む。

「や……!? な、なにするん!? 放して……!」

隆由の手を振《ふ》り解《ほど》こうと暴れる早美。しかし、力の差は歴然としている。

「こんなことして、ただで済む思うてるんか!?」

「思っているとも。君は素直に足を開き、熱心に奉仕活動をしてくれるはずだとね」

「な……!? ウチ、そんな女ちゃうっ!」

「なあに、すぐにそんな女になってくれるさ」

「何ゆうてんねん! 絶対……、絶対にイヤやからな!」

「クク……。そんなに強情では、お父上もさぞ困ることだろうなァ」

「お……、お父ちゃんは関係あらへんやろ!」

家族のことを持ちだされ、少女の声はわずかに震えていた。隆由は酷薄な視線で早美の全身を舐めまわす。

「おやおや、本気でそう思っているのか? そんなに家族に眠れない夜をプレゼントしたいなら、仕方がないがなァ」

早美は一瞬にして悟っていた。目の前のこの男は、あしながおじさんなどではない。結局のところ、自分は単なる人質でしかないのだ、と。

「うう……、ひ、卑怯者《ひきょうもの》……!」

がっくりと少女の両肩から力が抜け落ちた。それをいいことに、隆由は華奢な肩を抱き竦め、耳もとへ口を寄せて囁く。

「別に海外へ売り飛ばすとか言っているわけじゃない。真面目《まじめ》な一学生として、定められたカリキュラムをこなすだけでいい。わたしも、我が学園も、優秀な生徒を支援するためならどんな努力も損失も惜しまないよ」

「い……、言うとおりにしたら、借金取りは来ぃへんのやな……？」

隆由が頷《うなず》く。他に選択の余地はなかった。悔しげに目を閉じ、少女が身を差しだす。

「わかった、好きに……したらええ……」

「ハハハ……。家族想《おも》いなことだ！」

高らかに笑う隆由は、少女を捕らえたまま、室内に備えられたチェストから手錠《てじょう》を取りだした。月奈にも使った、デルタフォースご用達の逸品である。隆由はそれを、早美の両手にはめた。カチャカチャと乾いた音が、室内に不気味に鳴り響く。

「こんなんつけんでも、逃げたりせえへん……」

「こっちのほうが屈辱的かと思ってな」

「ク……！　悪趣味やわ！」

「そう、それだ！　その悔しそうな顔が堪らんのだ」

何を言ったところで相手を愉《たの》しませるだけの結果に、早美の心は萎《な》えてしまう。所詮自分は、掌の上の猿《さる》なのだ。自分を孫悟空《そんごくう》とは思わないし、ましてこの卑怯で悪趣味な理事

やどうでもいいとばかりに呟くしかなかった。けれど、両手首を拘束する手錠を見つめ、早美はもは
長がお釈迦様《しゃかさま》であろうはずもない。

「構わへんから……、はよ済まして……」

「そう自暴自棄になるな。せいぜい、楽しもうじゃないか」

楽しいわけないやろ……！　その呟きを最後に、少女は圧《お》し黙る。隆由はチェストの脇《わき》に置かれた椅子に座り、早美の制服を乱していく。ブラウスのボタンを下から順に外し、クリーム色のフロントホックブラが顔をのぞかせると、そのホックを外した。小ぢんまりした双丘の手触りを確かめ、乳輪の中心に埋まった乳首を掘り起こす。

早美はおぞましさに身を硬直させた。胸をまさぐる手が、次に何をするか容易に想像がつく。果たせるかな、隆由の両腕は少女の身体を回れ右させ、背後からヒョイと抱え上げた。そのまま、ブラと揃《そろ》いのショーツを脱がしにかかる。クリーム色の薄布は、スルリと下腹部から引き降ろされ、片足を抜かれて、もう一方の足首に引っかかった。

プリーツスカートを捲り上げられ、両脚を〝M〟字に抱えられて、恥ずかしい部位を無防備にさらすことになっても、少女は諦めたように眉《まゆ》を寄せるだけで、何もかもされるがままに身を任せていた。グイと割り開かれた腿のつけ根。そのすぐ下には、偉そうに座ったままの隆由が、準備万端に勃《た》たせた分身を誇示して待ち構えていた。狙い違《たが》わず秘裂の中心へ押し当てられた剛直の先端が、意外と肉厚な秘唇の隙間に侵入する。軋《きし》みをあげる

早美の内部で、薄膜の抵抗が侵入者を出迎えた。

「ン……、ぐ……!! い……、タっ！」

「ほう！　初物とは思わなかったぞ」

「ア……、ぐ……、やっぱ……、いた……い！　ンン……！　あぐ……、ひぁぁンぅ！」

ブチブチと体内を引き裂かれる感覚に少女が呻《うめ》く。

「そら、もっと深く挿入《い》れてやろう。巧《うま》く腰の位置をコントロールするんだ」

隆由は自身の腰を突き上げ、否応なしに肉棒を埋め込んでいく。ズブズブと強引に貫かれ、必死に痛みを堪える早美の秘部からひと筋の鮮血が滴《したた》る。

「ク……、キツイな……」

「アウ……、はぁ……、ア！　はぁっ、イヤや……、やっぱり……イヤやぁっ！」

突然、拘束された腕をがむしゃらに振り回し、早美はボロボロと泣きだした。

「うぐぅ、えぅっ、うあ……、こんな……痛いなんて……思わんかったんやぁっ！　こんなん……、こんなんっ、シャレにもならんやんかぁっ！」

どうやら彼女は、自分の身に起こることを、どこか別世界の出来事とでも思い込もうとしていたらしい。それが、堪え難い破瓜《はか》の痛みに苛《さいな》まれ、現実でしかないと思い知らされてしまったのだ。少女の悲痛な泣き声に、隆由は逆に楽しくなってくる。

「うぐぅ……、なっ、何が……、何がそんなにおかしいんやぁっ！」

「いやなに、あの借金取りどもに感謝をしているところさ。こんな楽しいことをあっさり譲ってくれたのだからな」

「ク……！　アンタ……、あいつらより下衆《げす》や……！」

「クックックッ。これは手厳しいな。だが、お前も人のことは言えないのではないか？」

初物に悦《よろこ》び躍る剛直を深々と突き刺したまま、隆由の指が秘裂の先端をまさぐり、見つけだした淫核を摘み捻る。鋭敏な突起を刺激され、早美が堪らず叫ぶ。

「ひゥっ⁉　や……、アアーッ！」

「クク……。みろ、イヤラシイ液体で滑りがよくなってきたではないか」

「うぐ……、ううぅ！　ひぅぅ……、ン……、そ……、そんなコト……！」

怒張が体内を蹂躙する衝撃と痛みに翻弄《ほんろう》され、早美には隆由の言葉の真偽も判断つかなかった。ただ、自分のヒップに、何かがタラタラと滴っていることだけは事実だ。

「恥ずかしがることはない。極自然な生理現象さ。心底イヤラシイ女なら、誰でもココはグチョグチョに濡らしているものだ。今のお前のようにな。ハハハハ！」

卑猥な嬲《なぶ》り文句と激しい突き上げが容赦なく責め立てる。早美はむせび泣いた。

「う……、ううぅっ、ウチ……、そんなん……ちゃう……！」

「フフ……。これだけキツイとすぐにでもイッてしまいそうだな」

「やぁっ！　イヤや……、もう……やめてぇ……！　ア……ぐ、痛い……よぉっ、こんなん……、うぅぐ……、ちっとも、気持ちよくなんか……あらへん……！」

「まあ、初めてなら仕方ないだろう。何回も犯《や》られているうちによくなるさ」

「そっ、そんなぁ……！　イヤや……、やめて……！　やめてぇっ！」

泣き叫び身悶える早美。けれど、彼女がもがけばもがくほど、下腹部を貫く肉棒は、より深く体内に喰い込んでしまう。

「クックックッ。逃げられはしない。お前はもう、囚《とら》われの身なのだからな」

言いながら隆由は、少女の両手を拘束する手錠をチャラチャラ鳴らしてみせた。

「あぅっ、う……、あ、たす……けてぇ！　ウチ……、こんなん……イヤやぁっ！」

抵抗のできない両手を神に祈るように組み、早美はブラウスの袖で絶望の涙を拭う。

「お父……ちゃん……、お母……ちゃん……、ウチ……、ウチ……、は……、あうっ、うああぁんん……、かっ、堪忍……や……、ああ……、アアンンっ！」

無数の襞《ひだ》がざわめく肉壺《にくつぼ》の中を、興奮に脈打つ剛直が掻《か》き混ぜた。あたかも主《あるじ》とペットを繋ぐ綱のように、早美を刺し貫く強靭《きょうじん》な肉の竿《さお》。まさにふたりは繋がっているのだ。その事実が、物理的なだけでなく心理的にも、少女を捕らえて放さなかった。

「ところでな、早美くん。膣内《なか》に射精《だ》されるのと顔にかけられるのと、どっちがいい？」

凌辱という行為に必死に耐える少女へ、隆由は問いかける。息を呑み、怯《おび》える早美。

「ヒッ！　うっ、そ、そんな……！　どっちも……いや……や……！」

「そうか。なら、今日は膣内にしておこう」

楽しげに嗤いながら、フィニッシュへ向けて隆由の腰が躍動する。激しい突き上げが、嵐の海に浮かぶ一艘《そう》の小舟の如く、少女の肢体《したい》を上下左右に揺らす。

「や……！　アカン……！　やめて……、やめてぇっ！　あぐっ！　ンンン……、ひぁあっ！　イヤや……、うっく、こんなん……、い、やぁあぁんんんっ！」

腰のリズムとシンクロした喘ぎを耳に、隆由は膣奥深くに怒張を打ち込んだ。限界まで膨れ上がった肉棒の先端が、膣壁にぶつかって盛大に弾《はじ》け、大量の粘液が迸る。

「あっ!?　いやっ、嫌あああああぁぁぁぁぁぁぁーっ！」

体内に放たれた灼熱の大波。それに呑み込まれた早美は、身も心も翻弄された。

小刻みに全身を震わせ、少女は繋がったままで隆由の胸に背中をあずける。本意ではないのだろうが、彼女には他にどうすることもできなかった。

「あ……ぐ……、うぅ……う、こんなん……、あ、あんまり……や……」

「ククク。案外よかったぞ、早美。どうやらお前も、我が学園に相応《ふさわ》しい娘のようだな」

捕らえたばかりの小鳥がいる。犯し尽くすまで、逃がすつもりはなかった。

翌週、1学期の終業式が執《と》り行われた。講堂に集まった全校生徒を前に、隆由が理事長として挨拶《あいさつ》をし、式の最後を飾る。その後、各クラスごとのホームルームが済めば、晴れて夏休みというわけだ。

時計の針が11時を告げる。すでにどのクラスもホームルームを終え、教室に残る生徒はわずかでしかない。まして特別教室ばかりの学科棟は、しんと静まり返っている。そんな学科棟にある特別教室のひとつに、隆由と流佳の姿があった。

「適当な椅子に座りたまえ」

先に来て、どっかと椅子に腰を降ろし待っていた隆由が言う。

「立ったままで結構です……。それより、なんですか？　こんなとこに呼びだして……」

「そうつっけんどんにするな。今日はお前にとってもいい話を持ってきてやったんだぞ」

怪訝《けげん》そうな顔で見つめる流佳。その視線を無視し、隆由は話を進める。

「我が学園には様々な部活動があるのは知っているな？　どれも優秀な成績を収めているものばかりだ。だが、わたしは今まで新聞部の活動だけは許可しなかった。同好会としてもだ。なぜかわかるかね？」

自分のスキャンダルを暴かれたくないからでしょ！　口にこそ出さなかったものの、流佳はそう思った。入学当初、学園に新聞部がないと知り、せめて同好会を作ろうかと担任に相談してみたが、まずは勉強を頑張りなさいとたしなめられた苦い記憶が甦《よみがえ》る。今考えれば、それも理事長の圧力だったわけか。ところが隆由の答えは違っていた。

「わたしの目に適う人材がいなかったからだ。しかし今は違う。そこでわたしは、新聞部を創設したいと考えているのだ」

おもむろに椅子から立ち上がった隆由は、チョークを摘んで黒板に〝新聞部〟と書きなぐった。予想外の展開だ。流佳は興味をそそられる。

「新聞部を……創設するんですか？」

「そうだ、いろいろな大会で優秀な成績を収めている部活動を、より生徒達に知ってもらうためのな。理事会の会報などとは違った、生徒の視点から見た、生徒が読む新聞をだ」

学校の部活動である以上、隆由の言ったことは基本中の基本である。敢《あ》えて説明するまでもない。にもかかわらず彼が力説したのは、その範囲を越える取材や記事は許可しないという意志の顕《あらわ》れなのだろう。理事長のスキャンダルなど言うに及ばず、というわけだ。

もっとも流佳だってそれくらいは容易に想像できた。問題は、続く隆由のセリフだった。

「ついては、それをお前に作って欲しいのだ。必要な機材はすべて揃えさせる。お前が欲しいと思うものをなんでも言ってくれて構わない」

さすがにこれには驚いた。〝昨日の敵は今日の友〟というわけでもあるまいに。

「どうしてわたしにそんなことを頼むの……？」

「嫌かね？　わたしとしては適材適所と考えてのことなのだが」

真顔で言われ、流佳はさらに面喰らってしまう。

「別に嫌ってわけじゃないですけど……。な、なんだか……気味が悪いわ……。わたしにあんな酷いことしておいて……、急に……、優しくなるだなんて……」

それは正直な気持ちだった。孤立無縁の状況が長く続いていたお陰《かげ》で、彼女は酷く孤独だった。隆由の言葉を〝優しさ〟と感じたとしても無理からぬものがあるかもしれない。

だがしかし、当の隆由は流佳の言葉をピシャリと撥《は》ねつける。

「勘違いしてもらっては困るな。わたしのベクトルは常にこの学園がいかに成長していくかということに向けられている。それが理事長であるわたしの使命だ」

言われた流佳は、相手が単にビジネスの一環として自分を利用しようとしていることに気がついた。そう、彼はそういう人間なのだ。

「わたしが新聞を作ったとして……、この学園にどんなメリットがあるっていうの？」

「わたしはお前の取材力を買っている。お前が新聞を作れば、いいものができるだろうと判断してのことだ。その結果が、部活動に励んでいる生徒達のモチベーションに繋がるのさ。陰日向の区別なく、自分達の活躍が全校生徒の目に触れるのだからな」

「確かに……、悪い話じゃないと思うわ……」

流佳が呟く。その心は複雑だった。

「新聞を作ることは、わたしもいいことだと思う……。でも……」

「フンッ、お前がわたしに意見できる立場とは思わんが？」

反論するつもりはなかった。弱みを握られているのだから当然だ。それどころか、この先どんな仕打ちがあるとも限らない。自分にも、山岡花梨をはじめとする生贄《いけにえ》となった少女達と同じ運命が待ち構えているかもしれないのだ。

「別にあなたの立場が危うくなるようなことはしないわよ……」

「それが賢明だな。その上でなら、お前に自由裁量を与えよう。予算も部員の人選も、すべてお前に一任する」

牙《きば》を抜かれた狼《おおかみ》は、飼犬になり下がるしかないのか。それでも、流佳の胸には新聞部を作り、記事を発表できるという喜びがあるのも事実だった。

「わかったわ。新聞を作ります」

「では、決定だ」

隆由は黒板に書かれた〝新聞部〟という文字を丸で囲み、チョークを置いた。ちょうどその時、彼の背広の内ポケットから、ベートーヴェンのピアノ協奏曲第5番〝皇帝〟のメロディが流れる。携帯電話の着メロである。電話に出ると、相手は葛葉だった。「理事長室へ至急お戻り下さい」彼女はそう言った。校内放送を使わなかったということは、緊急の用件を示す。隆由は理事長室へ急いだ。

理事長室に戻った隆由を迎えたのは葛葉と冴えない中年男である。

誰だっただろう？　男が三橋早美の父親と思いだすのに数秒かかった。面接の時と同じく汗を拭きながらうなだれる男に代わり、葛葉が簡潔に事情を説明する。それを聞き終えた隆由は早美の父へ鋭い視線を向けた。

「早美くんがいなくなったですと……?」

「はぁ……。あのアホ娘、捜さないでくれなどと電話をよこしまして……」

「家出……ですかな?」

「おそらく……。それで、まず理事長先生にご相談をと……」

警察に駆け込まなかったのは正解だ。隆由は早美からの電話の様子についてだけ、いくつか質問した。それによると、電話の向こうは妙に賑やかで、どこか外からかけてきたようだとのことだった。時折電車の音が聞こえたというから、どこかの駅かもしれない。

全寮制の緑林学園は、部外者の立ち入りを制限するのと同様に内部の者の外出にも目を光らせていた。常に生徒が持つことを義務づけられた学生証には極薄のIDチップが埋め込まれており、GPSによって瞬時に所在がわかるようになっている。だが、早美の学生証は寮の部屋に置きっぱなしになっていたと葛葉が告げた。さらに、正門のセキュリティチェックを行う守衛からは、早美らしい少女が「面接に落ちたので帰ります」と偽り、確認を取ろうとした隙を衝かれてゲートを突破されたとの報告が入っていた。

早美の編入は夏休み直前に行われたため、未《いま》だに学園の制服の仕立てが滞っていた。そして今日は、終業式ということで、帰省する生徒達への対応に追われる守衛の注意が散漫になっていた。早美がそうした状況を踏まえて行動を起こしたかどうかは甚《はなは》だ疑問だが、結果的に彼女はまんまと逃亡に成功したのである。

「ふむ……。まあ、新しい環境に上手《うま》く馴染《なじ》めなかったのでしょうな」

当然ながら隆由は、早美が学園からも家族からも逃げだした理由を知っている。だが、それをこの場で明かす必要はない。そこで彼は曖昧《あいまい》な一般論を口にしたのだ。

「申し訳ありません。こんな……、せっかくの理事長先生のご厚意を無駄《むだ》にするようなことをしでかしまして……。どこかで、育て方を間違えたのでしょうか……？」

「心配なのはわかりますが、あまり気を落とさないことです。ともかく、すぐに捜しだして根気よく説得すれば、きっと彼女もわかってくれますよ」

「はあ……。しかし、どこを捜せばよいものやら……」

困り果て、汗を拭き続ける中年男。鼻を衝く汗のにおいに、隆由はわずかに顔をしかめて身を引いた。このまま長居をされてはかなわないと思う。

「わたしに任せてくれませんかな？　必ず早美くんを見つけだして説得します」

だから、役立たずの親父はさっさと失せてくれ。言外ににおわせながら、隆由は葛葉に目配せした。すかさず、主に忠実な女性秘書が社交辞令の笑顔を浮かべて退室を促す。

早美め、関西に戻るつもりだな。隆由はそう推測し、執務机の電話へ手を伸ばした。

ガタガタと揺れる鈍行列車の中、ひとりの少女がドアにもたれ、時折涙ぐんでいる。早美である。学園からの脱出に成功した彼女は、一目散に最寄りの駅まで走った。駅前の公衆電話で父親に連絡したあと、いったん東京駅へと向かい、そこでさらに西へ向かう列車に飛び乗ったのだ。ぼんやり眺める車窓には、のどかな田園風景が流れていた。

車内はガラガラだった。けれど早美は、シートに座る気がしなかった。腰を降ろすと、なぜか下着越しにあの時の感触が甦ってしまう。それが嫌で堪らなかった。

「ウチは……帰るんや……」

幼かった頃《ころ》は、貧しくても世界は優しいと信じていられた。そんな時代へ帰りたい。

列車がどこかの駅に止まる。車内アナウンスが駅名を告げたはずだが、ぼうっと窓の外を眺める早美には聞こえなかった。早美のもたれる扉とは反対側のドアが開き、客が乗降するドヤドヤとした足音を朧《おぼろ》げに感じる。少女はゆっくりとうつむき、瞼《まぶた》を閉じた。それは、逃亡者が見せる無意識の行動だったのだろう。ドアが閉じ、再び列車は走りだす。

「逃げても……ええやろ……？」

誰にともなく問いかける早美。答えを期待してはいない。答えてくれる者などいないのだから。だが、そうではなかった。

「逃げられないと言ったはずなのだがな」

不意に耳もとで聞き憶《おぼ》えのある声がした。早美はギョッとして声の主へ目を向ける。

「え……？　あ……、あ……、ウソ……やろ……？」

目の前には隆由が立っていた。しかも、彼ばかりではない。いつの間にか少女は、鉄道警察の制服を着た男達に取り囲まれていた。

「フフフ……。これが現実だ」

隆由がパチンと指を鳴らす。それを合図に、黒い制服に身を包んだ男達が早美を逃すまいと押さえつける。彼らは現職でありながら、隆由の息がかかった連中だった。

「いや……やぁ。嫌ぁ、いやあああああああーっ！」

助けを求めて叫ぶものの、車内には他に乗客の姿はない。

「あいにく、この列車はわたしの貸しきりでな」

隆由は嗤った。裏ルートを駆使して早美の足取りを追った彼は、ついにその所在を突き止め、先ほど停車した駅で網を張っていたのだった。

「まったく、金のかかる娘だ。損失はちゃんと補填《ほてん》してもらうぞ」

そうは言うが、隆由はそもそも損失など厭《いと》わなかった。むしろ今、彼は愉快で堪らないのだ。以前、秘書の葛葉が山岡花梨に過去の自分を重ねたように、彼もまた早美に少年時代の自分を重ねていた。それというのも、隆由にも家出の経験があったからだ。

母親の死を機に玉越家へ引き取られた彼は、早美と同じ歳《とし》の時に一度だけ屋敷から逃げだしたことがある。理由はいくつもあったが、庶子《しょし》である隆由に対する一族内の風当たりの強さが一番の原因だった。陰湿で露骨な嫌がらせが続き、ついに耐えられなくなったのである。早美同様に電車へ飛び乗った隆由は、けれど逃げ切れはしなかった。別邸でともに暮らしてきた葛葉が、すぐに彼の居所を突き止めたのだ。そして葛葉に説得された隆由は、自らの意志で屋敷へと戻った。それ以来、二度と逃げようなどとはしなくなった。危うく負け犬になりかけた彼は、そのことを教訓に、勝利者への道をがむしゃらに突き進み始めたのであった。

そういえば、あの時の葛葉とのセックスが、お互いの初体験だったな。懐かしい思い出に股間《こかん》が疼《うず》いた。説得というものは、身も心もひとつにして行わなければ、相手に伝わらない。葛葉はそう言って隆由に身を任せたのである。

今の俺があるのは葛葉のお陰だ。俺は、あの時のお前のようにできるかな？　胸の内で呟き、隆由はズボンのチャックを降ろす。いきり勃つ分身を引きだすなり、彼は背後から早美に覆い被《かぶ》さった。

「あっ⁉　やだ！　やめてぇ……、うぐっ！　ううぅぅ……！」

中途半端にショーツを引き降ろされるや否や、剥《む》きだしの秘裂に灼熱の棍棒《こんぼう》がズブズブと突き立てられる。その衝撃に早美は必死になって泣き喚いた。

「イヤやぁっ！　堪忍やぁっ！　助けてぇっ！　いやぁ！　ひぅっ、ダメぇーっ！」

「暴れるだけ無駄だ。ここにいるのは全員俺の手の者だし、他に乗客は誰もいない」

ガックリと早美の身体から力が抜ける。警察まで言いなりにさせる隆由の権力の強大さに、到底かなわぬことを悟ったのだろう。早美の足掻きはしだいに影を潜めていった。

「フフフ……。そうだ、おとなしく俺に捕らわれていることだ」

ゆっくりとした抽送を繰り返しながら、耳もとで囁き笑う隆由。

「もう一度言うが、お前は逃げられない」

「そん……な……、あ、う……、ひぁっ！　あうう！」

絶望に打ちひがれる少女を蹂躪する悦び。それを知ったのはいつだったろう。彼を玉越家に引き取った父親が死んだあと、その遺言と遺産の相続を巡り、親族が隆由に仕掛けた罠《わな》。彼を亡き者にしようとする企てを葛葉が見破り、暗殺者に仕立てられたメイド娘を返り討ちにした、あの時か。あるいは、復讐《ふくしゅう》を誓って逆襲に転じた中で、企ての中心人物であった叔父《おじ》の愛娘《まなむすめ》を凌辱した時だったろうか。などと考えながら、隆由はふと口を開く。

「しかし、お前、なんでまた新幹線を使わなかったん

だ？」

時速200キロ以上で逃げられては、さすがに追いつくのも容易でなかったはずだ。

「そんな金……、あらへんもん……。あぐっ、はぁ、アア……、ど、どうせ……、ウチには……、こんなローカル線の中で犯されるんが……、くあっ、お似合いなんや……！　うぐっ、もう……、勝手に……、あうぅっ、好きに……したらええ……！」

口を衝く自虐の嗚咽《おえつ》。自暴自棄になった少女は、男の欲望に身を任せる。

「そう自分を見下すな。確かに、たまにはこういう場所で犯るのも悪くないがな」

「悪趣味や……。あう……、アンタ……、おかしい……で……」

「そう言うお前も、感じてきたんじゃないのか？　淫《みだ》らな汁をこんなに垂《た》らしてるぞ」

結合部から溢れて太腿へと滴る蜜を掬《すく》う隆由は、粘る液体を早美の頬《ほお》へ擦りつけた。

「あう……、それ……は、ちゃうもん……！　アンタのなんかで、感じ……たり……、はあぁ……、ふぅンンっ！　して……へん……！」

「クク……。説得力がないぞ」

隆由が嗤う。マグロになられても面白くはない。嬲り文句を浴びせ、閉ざされようとする心を強引にこじ開ける。根が素直な早美は、隆由の放つ言葉に簡単に反応してしまう。

「うっ、うるさい……！　ウチはぁ……、ンン！　あ……、ひぅっ！　ちゃう……もん、ちゃう……！　感じて……なんか……、ああっ！　気持ちよく……なんか、ふあぁンッ！

ちゃう……、ウチ……、ウチぃ……！」

ムキになればなるほど隆由の思う壺だった。抗いのセリフの合間には、いつしか熱い吐息が混ざっていた。バックから貫かれる身体も、しだいに熱を帯びてくる。

「ウチ……、ふぁ……、あぐ……、ひぅっ、イヤや……、アソコ……濡れとる……」

「ああ。どんどん溢れてくるな」

「ウチ……、そんなんちゃうのに……、イヤやのにぃっ！」

抽送のたびにヌルヌルとした液体が溢れた。自身の反応が、早美の屈辱をよりいっそう掻き立てる。しかもそのことが、肉体の反応をさらに煽っているのだ。

「イヤや……、身体の……、奥……、ヌルヌルしたんが……、いっぱい……出てきて！いやぁ……！　ちゃうねん……、ウチ……、ウチっ！　ヤダ……、やだぁ、ふあぁっ！」

「そろそろ認めろよ。自分の立場というものをな」

隆由は乱暴に腰をグラインドさせ、身体にも屈伏を促す。その動きに、剛直を咥《くわ》え込んだ肉襞は早くも恭順を示してうねるが、早美の意識はそれを否定する。

「そんなん、ゆうたかて……、アアッ！　ウチ……、ウチはぁっ！　こんなとこで……、ンンっ、こんな奴《やつ》にぃ、お、犯され……て！　イヤやのに……、イヤやのにぃ、ンあっ、なんで……、こんな股《また》ん中濡らして……、こんな……、こんなぁ！　あうぅぅンっ！」

まるで実況中継のようだ。けれど早美は、隆由の嬲りの言葉だけでなく、自分自身の発する言葉さえもが、魔法の呪文《じゅもん》となって身に降りかかっているとは考えもしていない。そう、彼女は自分自身の言葉に興奮していた。そして……。

「ひぅぅっ、き、気持ち……ええ……よぉっ！」

否応なしに湧《わ》き上がる快感。口でなんと言おうとも、自分が悦楽に悶えているという事実。認めざるを得ない残酷な現実に早美は泣いた。

「クク……。それがお前の立場だ。今のお前は、俺に犯されてよがるためだけに存在している。逃げることなどできはしない。認めて楽になればいい。快楽の海に堕《お》ちればいい」

列車の揺れに合わせて隆由の腰が早美の尻《しり》にぶつかる。身体の内と外に感じる衝撃。淫《いん》靡《び》で卑猥な音色が、耳から脳へと忍び込む。

「や……、いやぁ！　うぐ……、ひぅンン！　あっ、んあぁあっ！　やっ！　アカン……、ううっ、ウチ……、ウチ……、アアッ！　こんな……されてぇ、い……、イッてまう！」

ドアの横にあるスチールの手すりにしがみつき、膣奥まで貫かれる少女。その足がガクガクと震えだす。同時に、隆由も腰の辺りに熱い衝動を感じていた。

「ク……、そろそろ射精すぞ！」

「んあっ、や……、やめて……！　ふあぁ……、ダメぇ！　イく……、ひぁっ、ああ！」

官能の火照《ほて》りに蕩ける肉壺が臨界を超えた隆由を強烈に締めつける。艶めかしく蠢く肉襞のうねりを掻き分けて、膣奥へと突進する怒張。柔らかな壁にぶちあたった瞬間、肉棒の先端がついに灼熱の高ぶりを解き放った。

「はぁあああああぁぁぁぁぁぁぁんんんっ‼」

膣内奥深くに吐きだされた白濁が少女のすべてをくまなく汚していく。あたかも心の奥底までをも隆由の色に染めるように。


1カ月半近くもある長い夏休みの間も、学校が無人であることは希《まれ》である。特にこの時期は、部活動や補習が集中して行われる。それは緑林学園でも同じだった。

ベスト4へと進出したものの、惜しくも準決勝で敗退した野球部が甲子園から戻った翌日、隆由は臨時の新聞部室となっている流佳の教室を訪れていた。

「お前の新聞、読ませてもらったぞ。いいできじゃないか」

取材のために数名の部員とともに甲子園へ出かけていた流佳は、完璧《かんぺき》な予防措置を施した甲斐《かい》もあり大して陽《ひ》に灼《や》けてはいなかった。そんな彼女が編集した新聞は、掲載されたインタビューもユニークで面白く、その辺のスポーツ新聞よりもよほど読ませる内容だった。創刊から早数週間、生徒達の間でも好評である。

「それはどうも……」

流佳がポツリと応じる。少女の反応に、隆由は怪訝そうに眉をしかめた。

「どうした？　何か不満でもあるのかね？」

「わたしがやってるのは新聞じゃないわ……。ただの宣伝活動よ」

「おいおい、自分の活動を卑下することはないだろう。お前の新聞を読んで一番喜んでいるのは、読者である生徒達なのだぞ？」

時節柄、紙面のトップは野球部が飾ってはいるが、流佳はあまりメジャーではない部の活動さえも記事として採《と》り上げていた。それによって生徒達は張り合いを感じ、彼女の新聞の記事を励みにするようになっているというのがもっぱらの噂《うわさ》だった。

「それはそうかもしれないけど……」

相変わらず浮かない表情の流佳は、隆由から視線を逸《そ》らして続ける。

「わたしだってみんなからお礼を言われて悪い気はしないわ。でも……、わたしが書きたいのは、こんなのじゃないわ……。もっとこう……」

流佳は何かを言おうとして口籠《くちごも》った。釈然としない何かがあるのだが、それを具体的な言葉にできない。なんともいえない苛立《いらだ》ちが募る。

「ククク。お前の中の社会正義というやつが、またぞろ目を覚ましたのか？」

「そういうわけじゃ……。でも……、上手くは言えないけど、絶対に違うのよ！」

自身の中にわだかまる感情を吐き捨てる少女を眺め、隆由は鼻で嗤った。

まだまだとんだ青二才だ。隆由は思う。彼には少女の抱く不満が手に取るようにわかっていた。流佳は、自分の作る新聞が、所詮は学園のプロパガンダでしかないことを無意識に嫌悪しているのだ。本来彼女は、ジャーナリストの中でも社会部向きなのだろう。

　そもそもジャーナリズムとは、常に中立で公明正大であることが基本原則だ。しかし、事実をありのままに伝えるとは、あくまで理想でしかない。なぜなら、伝える側と受ける側、そこに人間の意識が存在する以上、必ず主観が入ってしまう。どんなに客観性を訴えようとも、人間ひとりひとりが持つ信条や心情を排除することなど不可能である。そう、故に真実はひとつではないのだ。

「どうやらお前は、世間で〝真実〟と言われるものに幻想を抱いているようだな。よく言う〝真実はひとつ〟というのはな、あれはジャーナリストの詭弁《きべん》でしかない。それこそ己《おのれ》の正当性を訴えるための単なるプロパガンダだ」

「そ、そんなことないわよ……！」

「そうなのだよ。ジャーナリストも商売だ。何事も、売るためには宣伝が必要だからな」

「そんなことない！　ジャーナリストは誇り高い職業よ！」

　流佳は激高した。目の前の男は、自分ばかりか、すべてのジャーナリストを侮辱したのだ。こんな男のために新聞を作った自分が情けなかった。しかし隆由は、そんな流佳を嘲笑い、さらなる侮蔑の言葉を浴びせる。

「甘いな。救えんくらい甘い。物事の一面しか見ずに、すべてを知ったつもりになっているようでは、それこそジャーナリスト失格ではないのかね？」

「ジャーナリストひとりひとりのスタンスが違うことくらい、わたしだって知ってるわ。だからこそ、情報を受け取る誰もが物事を多面的に見ることができるんじゃない！」

「ふむ。ジャーナリストは入手した情報を伝えるだけで、その中から真実を見つけだすのは受け手側の責任というわけだな？」

「それとも違う。情報を伝える前に、ちゃんと事実確認は取っているもの！」

そうだ。事実を正確に伝える。そのことにどれだけの注意が払われているか。ジャーナリズムは単なる伝言ゲームではない。だが、隆由はなおも問うた。

「ならばなぜ、ジャーナリストによって、あるいは情報を伝えるメディアによって、内容にバラつきが出るのかね？　中にはまるっきり逆の内容もあるではないか」

「だからそれは、物事を多面的に見せるためで……」

「つまり結論を受け手に委《ゆだ》ねているのだろう？　結果として、受け手の数だけ〝真実〟が存在することになるのを承知の上で！」

言われた流佳は愕然《がくぜん》とした。ジャーナリストは事実を伝える。だが、事実が真実とは限らない。それでも、取材という血の滲む努力を重ねることで、無意識に自分が伝える事実を真実と思い込んではいないだろうか。物事を誰よりも深く多面的に見ているとの自負に慢心し、事実を真実と結論づけてはいないか。それが驕《おごり》でしかないとも気づかずに。

心に湧いた疑問が、自分自身への猜疑心《さいぎしん》を呼ぶ。目の前の男は、卑劣で狡猾《こうかつ》で残忍で最悪の人間だ。良心のカケラもない。けれど、それさえも思い込みだとしたら……？

わからない。流佳には何もかもがあやふやになっていた。

「いずれ理解する時が来るさ、理想とは永遠の命題だとな。さて、それでは新聞のできを賞してご褒美をシてやろう」

怪訝そうな眼差《まなざ》しを向ける少女に、隆由が卑猥な笑みを向ける。

「ククク ッ、わたしのムスコを思う存分に味わわせてやろう！」

つかつかと獲物に歩み寄り、細い両腕を乱暴に掴む。流佳は悲鳴をあげた。

「い、いやぁぁっ！　放してっ！　放してよぉぉぉっ！」

「ククク ッ、今さら何を嫌がってるんだ？　俺とお前の仲じゃないか」

暴れる流佳を俯《うつぶ》せに机へ押しつけ、背後からスカートを捲る。露になる純白のショーツと太腿。隆由は右手一本で易々と流佳の抵抗を封じ、無造作にショーツを引き降ろした。

「いやっ！　いやぁぁぁーっ！　やめてぇっ！　ダメっ！　ダメぇぇ……!!」

流佳がいっそう激しく喚くが、隆由はお構いなしに彼女の股間に手を滑り込ませる。秘密の花園へ侵入した指先が震える蕾や花びらを撫《な》でた途端、流佳の身体から力が抜けた。

「はうぅぅぅ……、んはぁ……、ああ……、ダメぇ……、ダメぇぇ……！」

「クク ッ、そんな甘えた声を出していては、おねだりしているようにしか聞こえんなァ」

秘裂をまさぐる隆由の指の動きは、葛葉のそれとは違って無骨な印象だった。けれどもその荒々しさが、むしろ新たな快感を流佳の身に刻んでいく。すぐに淫蜜がクチュクチュと音を立てた。さらに彼は秘裂の先端に埋もれた肉芽を掘り起こし、そっと愛撫する。

「ひあっ！　んはぁ、はうぅぅっ、ダメぇぇ……、ダメなのぉぉ……！　んはぁぁっ、あふぅぅ……、いやぁぁ……、いやあぁぁっ！　はあぁぁんん！」

切なく喘ぐ流佳。すでに花園は溢れる蜜でしとどに濡れそぼっている。

「ククク……。嫌だ嫌だと言いながらも、見事な濡れっぷりじゃないか。待ってろ。すぐにコイツをぶち込んでやる！」

隆由は反り返るイチモツを取りだすと、ヒクつく柔唇の隙間に狙いを定めた。

「いやっ！　いやぁぁ……！　それだけは、やめてぇぇぇっ！」

「こんなに涎《よだれ》を垂らしているくせに、何を今さら……。そらっ！」

勢いよく腰を打ちつけると、流佳はあっさり剛直を呑み込んだ。

「あっ、くぅっ！　あうぅぅぅぅぅ……！」

股間を圧し広げ、下腹部に潜り込む灼熱の棍棒。初めての経験にもかかわらず、流佳は痛みを感じなかった。多少の苦しさはあるが、噂に聞く破瓜の痛みは感じない。

なんてこと！　わたしは結局、与えられていた情報を鵜呑みにしていただけなの？

出血すらない流佳の股ぐらを覗き込み、隆由はさもありなんとほくそ笑む。

「どうだ？　コレがお前の欲しがっていたものだぞ」

「そっ、そんなの……、欲しくないわよぉぉっ！」

　窮屈に首を捻る流佳が背中にのしかかる隆由を睨みつけた。何もかもがあやふやになりかける中、ただひとつ確かなことがある。この男の行為を認めるわけにはいかない。それだけは絶対に確かなことだ。何がなんでも許せはしない。少女の瞳に煌《きらめ》く炎。それを目にした隆由は、薄笑いを浮かべて抽送を開始した。

「んはっ！　はうぅ……、うはぁあっ！　はあぁ……、はああぁっ！　んくぅぅんっ！」

　隆由の腰の動きに合わせて、机がギシギシと軋む。熱く太い怒張が、下腹部の奥底を突き上げ、こねくり、掻き回す。その衝撃に、流佳の強気は脆《もろ》くも崩れ去る。

「いやぁ、もう許してぇっ！　んふぅ、んはぁぁんっ！いやぁあ、ダメぇぇぇっ！」

「あ〜ん？　本当にダメなのかァ？」

「んくぅぅっ！　ああっ、あうぅっ！　あ、当たり前じゃないのぉぉ……！」

「では、どうして自分から腰を振っているんだ？」

言われて流佳はギョッとする。膣壁を突き破らんばかりの闇雲な抽送に、彼女は自ら腰を揺すって楽なポジションへと誘導していたのだ。もちろんそれは、苦しさから逃れるためではあったが、逆に言えば積極的に快楽を導ていることにはならないか。

「う、嘘《うそ》よぉ……！　振ってなんかいないわよぉっ！」

「嘘なものか。ほうらっ！　ほうらっ！」

泣きじゃくる少女を楽しげに見降ろし、隆由は大きく円を描くように腰を揺すった。

「あくっ！　うはぁあぁっ！　ダメぇぇっ！　そんなことしたらぁ……、ダメぇぇっ！」

「ククク ッ、どうしてダメなんだァ？」

「そ、それは……、んくぅぅっ！　んっ、はあぁぁ……、それ……はぁあぁぁあっ！」

答えを口にしようとするたびに、隆由の打ちつけが激しくなる。「それは」から先を言えずに悶える少女へ、隆由は淫猥《いんわい》な眼差しを送る。

「俺が代わりに言ってやろうか。気持ちよくて腰が動いてしまうの、だろう？」

流佳の顔が、一気に耳まで紅《あか》く染まった。

「ち、違うわよっ！」

「ククク ッ、そんなに顔を真っ赤にするとはな。なかなか可愛いとこがあるじゃないか」

可愛い……ですって？　久しく聞かなかった言葉だ。いつの頃からか、流佳は異性から〝可愛い〟と言われなくなっていた。容姿はともかく、その性格が災いし、常に「生意気だ」と言われ続けてきたのである。自分でもそれはわかっていた。ジャーナリストを志したのだって、可愛い女の子とは無縁の仕事だと思ったからだ。なのに……。

「んはぁぁっ！　かっ、可愛くなんて……、んふぅぅ……、ないわよぉぉっ！」

「いやいや、俺にはわかるのだ。お前は気持ちよくて気持ちよくて仕方がないのさ」

気持ち……いい？　この痺れるような感覚が、気持ちいいってことなの？　絶え間なく刺激にさらされるうちに、流佳は自分の所在さえなくしていく。そして思った。この人はわたしの知らないことをなんでも知っている。わたし自身のことでさえ……。もっと知りたい。わたしは、もっとわたしを知りたい。そのためには……。

「んはっ！　そ、そんなこと……、ないわよぉぉっ！」

流佳は敢えて反論した。そうすることで、隆由は答えをくれる。そう考えたのだ。

「ククク ッ、アソコの中がヒクついてきたぞ？　正直に言えよ。イきそうなんだろう？」

そうよ！　イきそうなの。だから、もっと！　心の中で叫び、口では別のことを言う。

「くはぁぁっ！　だ、誰がぁ……、あんたなんかにぃぃっ！」

「ククク ッ、仕方ないやつだなァ」

ニヤニヤ笑う隆由は、流佳の腰を引き寄せると、ピストン運動の速度を上げた。

「うはぁぁっ！　ダメぇっ！　ダメぇぇっ！　そんなに速く動いちゃ、ダメぇぇぇっ！」

「ククク ッ、そうかそうか。任せろ！」

両手でガッチリと少女を押さえ、叩《たた》きつけるように腰を振る。流佳が抱え込んだ机が、今にも壊れそうなほど大きな音を立てて軋む。

「どうだ？　俺のご褒美は素晴らしいだろう？」

「ひうぅぅんっ！　ひあっ、は、激しいぃいいっ！　ダメぇっ！　激しすぎるよぉおっ！」

言葉とは裏腹に、流佳の締めつけが強くなり、隆由のイチモツをさらに奥へ引きずり込もうとする。単に身体のほうが正直なのだというだけでなく、少女の言葉には明確な意志が込められていることを隆由は十二分に理解していた。

「ククク ッ、激しいのが好きなのかァ」

この娘、なかなか愉しませてくれる。猛然とラッシュをかけ、隆由はラストスパートに入った。打ちつけぶつかる肉の音と糸を引くような水音が、教室内に響き渡る。

「うはぁあぁっ！　ダメぇ……！　壊れるぅっ！　壊れちゃうよぉっ！　あう、あっ、あーっ！　あくっ、ひぐぅっ！　ひあっ、ダメぇ……、もうっ、ダメぇぇぇぇーっ！」

互いの高ぶりは限界を迎えようとしていた。流佳をリードする隆由が、怒張を締めつける肉襞のざわめき加減でタイミングを計る。

「ようし、たっぷり射精してやるぞ。受け取れ！」

最後のひと突きとともに、灼熱の白濁液が膣内奥深く大量にぶちまけられた。

「あっ⁉　あはぁっ、はあぁぁぁぁぁぁぁぁぁぁぁーんんっ‼」

　大きく背筋をのけ反らせて絶頂の極みに達する流佳。何度かビクビク身を震わせたあとで、力尽きたようにグッタリと机の上へ崩れる。隆由はすぐにはイチモツを引き抜かず、しばらく流佳の余韻を味わった。

「うぁ……、熱い……、熱いぃ……」

　朱唇の隙間から洩れる恍惚の喘ぎ。流佳は小刻みな痙攣を繰り返す。わずかに開かれた瞼の下に、うっとりと宙を見つめる瞳が揺れていた。

「ふぅ……。こんな褒美でよかったらいつでもやろう」

　隆由が言うと、流佳は初めて「はい」と素直な気持ちを口にするのだった。


「ウチな、世の中やっぱりカネやと思うんや」

　藪《やぶ》から棒《ぼう》に早美が言った。

「だって、そうやろ？　ウチがこんなところに呼びだされて言いなりにされるんも、カネがあらへんからや」

「すべては貧乏が悪い、というわけか……。それで？」

　興味深げに隆由は先を促す。

　ふたりがいるのは理事長室である。逃亡に失敗した早美は、夏休み中だというのに一度も家へ帰ることを許されず、補習と称して毎日隆由の相手をさせられていた。それでも、彼女は二度と逃げだそうと考えはしなかった。どうせまた捕まって、より酷い仕打ちをされるだけだ。そんな諦めの気持ちの他に、別の思いもあった。

逃亡した早美を追いかけてきたのは、隆由自身だった。彼女の父親でも母親でもない。あるいは、隆由の部下でもない。いや、正確には部下も連れてはいたが、それでも隆由自身が先頭に立っていたのである。そのことが、荒涼とした心にかすかな温もりを与えていた。あくまで無意識にではあるが。

早美は、朱色のネクタイを指先で弄《もてあそ》び、隆由を中心に忙《せわ》しなく瞳を動かしている。彼女は未だに緑林学園の制服を身に着けていなかった。すでに制服の仕立ては終わっているのだが、もったいないからと新学期までクローゼットにしまってあるのだ。貧乏くさい話だが、それも早美らしいと考え隆由は許可していた。

やがて、少女は伏し目がちに口を開く。

「せやから、ウチはもうタダで足開いたりせえへんねん」

「それは、ヤらせてやるから金を寄こせということか？」

玉座を思わせる豪華な椅子に座る隆由を真っ直《ます》ぐに見つめ、早美は「せや」と頷いた。その途端、珍しく隆由が烈火の如く怒りだす。握り締めた拳が執務机を思い切り叩いた。

「ばかもんっ！　貴様、いつから売春婦になった⁉　見損なったぞ！」

怒鳴られた早美は、一瞬目をパチクリさせる。もっとも、そのすぐあとには負けじと机を叩いて言い返していた。

「そないゆうても、しゃあないやんか！　ウチっ、お父ちゃんに迷惑かけたないからアンタの言いなりになってるけど……、もう、うんざりなんや……！」

「それがお前の立場というものだ、諦めろ」

「イヤや！　もう、いや……。このままやったら……、ウチ、壊れてまいそうで……」

隆由を睨む瞳が涙に潤む。

「せやからっ！　せめて見返りでももらわんと……、耐えられへん。どうせ……、どうせ堕ちるんやったら……！」

少女は自暴自棄の叫びをあげて泣き崩れた。その様子にため息をつく隆由。椅子から立ち上がった彼は、ゆっくりと早美に近づき、諭《さと》すように手を取る。

「金で幸せは買えないぞ。汚い行為で手に入れた金は、所詮汚い銭《ぜに》でしかない。そんなモノに、いったいなんの価値がある」

その言葉に、早美は唖然として隆由の顔を覗き込んだ。あまりにも意外な……、いいやそれどころか、理不尽なセリフだと思う。

「アホ……。なに、まともなこと言うとるんや。アンタからそんな説教聞きたない！」

早美が言うと、隆由は再びため息をつく。

「口で言ってわからないなら、身体に教えてやるまでだ」

妙に哀《かな》しげな表情だった。それでも、早美の手首をグイと引く力は強い。

「イヤやっ、放してぇ！」

抵抗を試みてみたものの、少女はそのまま隣室へと引きずり込まれた。

部屋の中央に置かれたキングサイズのベッドの上へ放り投げられ、早美の華奢な身体が激しくバウンドする。

「はぅっ、ぐ……、ンっ！　イヤやぁ、なにするんっ⁉」

どうにかバランスを整えた少女の目の前で、静かに微笑む隆由が懐から取りだした札束をユラユラ揺すって見せた。

「そんなに、コイツが欲しいのか？」

「そ、それは……。う……、ウチ……は……」

万札の束がペチペチと早美の頬を叩く。自ら口にしたこととはいえ、実際にやられると屈辱以外の何ものでもない。乾いた紙の感触に打たれ、少女は悔しそうに涙を浮かべた。

「こんなもの大人《おとな》のオモチャにしか過ぎん。しかも、大して楽しませてもくれん」

無表情に言い放つ隆由は、札束の角で早美をくすぐり始めた。

朱色のネクタイを緩め、ブラウスのボタンを外していく。大きく開いたブラウスの下から顔を出すブラジャー。そのフロントホックを外し、この1カ月でいくぶん大きく育った双丘を解放する。微妙な力加減で肌を滑る札束が、首筋から胸もとへと緩やかな曲線を描き降りていく。

「んん……、やぁ……！　はぁああ……、アっ！」

乳首を弾かれ、早美はもどかしげに声をあげた。一方の隆由はというと、相変わらず札束での愛撫を続けながら、忌々《いまいま》しそうに舌打ちする。

「まったく……。こんなモノより、普通の羽根のほうがよっぽど使い易い」

「理事長……センセ……、アンタ……、やっぱり、アホや……」

「フフ……。そうかもな」

隆由は微笑む。早美の言うところの〝アホ〟には、どこか親しみが感じられた。そう、何事も徹して行うという、褒《ほ》め言葉としての〝○○バカ〟に通ずるものがある。その意味では、彼女の言葉はあたっているのだ。隆由は、早美に、そして自分自身にも言い聞かせるように続けた。

「だが憶えておけ。古来から世界を動かしてきたのは、お前が言うアホな人種なのだ」

「でも……、ウチかて……、アホやで？　どうせ……、もっとアホなんやろうけど？」

「違うな。今のお前は取るに足らないただのバカだ」

関東と関西では、〝バカ〟と〝アホ〟のニュアンスが異なる。関西出身の早美にとっては、〝アホ〟よりも〝バカ〟のほうがより侮辱的な意味を持っているのだ。あまつさえ隆

由は、手にした札束で早美の頬を勢いよく叩いた。ペシィッといい音が室内に響く。

「クゥ……！　ううぅ……、ふぁ……、ううっ！」

「いいか？　こんなモノは、どれほどあってもただの紙切れに過ぎない。快楽と引き替えにするには、あまりにもくだらないではないか」

「うう……、そんなん……わかっとるんや……。あふぁ……、お父ちゃんや、お母ちゃんかて……、ものごっつう怒るやろって……。そんぐらい……、わかっとる……」

　頬を叩かれた痛み以上に、心が痛む。早美はポロポロと幼子のように涙をこぼした。それを指先で拭ってやり、隆由は優しい声で尋ねる。

「ならば訊《き》こう。この紙屑《かみくず》と快楽……、お前はどちらを選ぶ？」

「あ……、イヤや……。途中でやめたら、イヤや。ウチのアソコ、もう、グショグショなんや。このまんま終わったら、ウチぃ……、はぅ……、イヤやぁ、最後まで、シてぇ！」

　いつしか、少女の秘部は大洪水を起こしていた。生地に水玉を浮かべるほどびしょ濡れのショーツをずり降ろすと、細い糸を引いて露になった淫唇《いんしん》が切なげに喘いでいる。札束などという無粋なアイテムを使い、微妙に焦《じ》らし続けた地道な成果がそれである。

「クク……。素直でよろしい」

　頷いた隆由は、ズボンからイチモツを引きだした。逞《たくま》しく力を漲《みなぎ》らせる分身で、ゆっくりと少女を貫き、その肉体に目眩《めくるめ》く快楽を刻みつけていく。

「ひ……、ンンっ！　ふぁあ……、ううぅンっ！　や……、お腹《なか》ん中……、クチュクチュ鳴っとる……！　はぁ……、ひぁン！　あああぁぁんんっ！」

二度と思い違いをせぬよう、たっぷり懲《こ》らしめてやる。抽送によって下腹部を蹂躙《じゅうりん》するのと同時に、隆由は札束で少女の顔をいたぶることも忘れない。

「あうう……、やだぁ……！　ひあ……！　ア……、んんうっ！」

札束から漂う紙とインクのカビ臭《くさ》いにおい。結合部から香る牡《おす》と牝《めす》の淫靡な匂《にお》い。身も心も隆由に貫かれ、屈辱と悦楽の狭間で狂わんばかりに悶える早美。

「ひぅっ、あ……、くぅンンっ！　ウチ……、ウチぃっ！　こ、こんなん……、あっ！　うぐ……、ひんっ、ううっ、なんで……、なんで……こんなに……汚れとるんや……！」

堕ちている。それを実感した時、少女の理性は跡形もなく消し飛んだ。

「ああっ、もうイヤあっ！　ウチ、こんなんで、いっぱい感じてっ！　ヤラシイとこ、グチョグチョにしてっ！　もう、イッてまう！　センセ……！　ウチ……、ウチぃっ！」

少女の高ぶりに合わせ、隆由も激しく腰を前後させる。

「素直になればいい。お前は、俺とともに高みへと登れるか？　俺についてこれるか？」

隆由が囁いた。どことなく期待の籠った口調である。だが、その囁きに早美は首を横に振って呻いた。

「うあんんっ！　ふあ……、アっ！　セン……セ！　ああっ、アカン……！」

「ダメか？　無理なのか？　所詮お前は、単なる損失でしかないのか？」

問いかける声は諦めてはいない。むしろ、腰の送り同様に力強く少女を包み込む。

ああ……、ウチも高く昇り詰めたい。理事長センセと一緒にイきたい。いろいろな意味で早美はそう熱望していた。体内を疾駆《しっく》する官能の嵐に乗り、惨めな現実から逃げだせるとしたらどんなにか幸せだろうか。むろん、それをして偽りの幸福と断ずる者もいるだろう。そんなことは百も承知だ。事実、早美の心は、吹き荒れる嵐の中にあってなお、高く舞い上がるどころか闇の深淵《しんえん》に向かって落下していた。首に繋がれた呪縛《じゅばく》の鎖。それを握るのは隆由のはずである。なのに彼女は、見上げる先にいる隆由とは逆の方向に向かってひたすら落下していた。

隆由の肉奴隷になる。それはつまり、堕ちることのはず。このまま堕ちれば、自分は隆由の手の中へ飛び込めるはずだった。なのに、どうして逆の方角へと離れて行ってしまうのか？　下腹部を熱く貫かれ、早美は困惑した。

なぜ……？　なんで？　なんでやねん？　そこで、ハタと気づく。隆由の手に鎖などなかった。闇の深淵へと延びる鎖の先には、自らの迷いが、コンプレックスが、巨大な重りとなって繋がっているのだと。その途端、早美は奈落へと堕ちるスピードが増した気がした。目の前にいて、自分を求めている隆由の姿が、どんどん小さくなっていく。そう感じずにはいられない。だから……。

「せ、せやけど、ウチ……、バカ……やから……、堕ちて……まう……から……」

「今のままならな。だが、お前はどこか俺に似ている。きっと俺と同じ人種になれる」

早美にとって、それは最高の褒め言葉だった。にわかには信じられぬほどの。

「ホンマ？　ウチ……も、アホ……に、なれ……るんか……？」

「お前しだいで、な。今のままではなんの取り柄もない役立たずだが、この先お前がどうなるのか、それはお前自身が決めることだ。自らの意志によって」

瞬間、少女の顔がパッと明るくなる。呪縛の鎖を断ち切るように勢いよく身を起こし、ピストン運動を繰り返す隆由へとしがみつく。背中にまわした両腕と肉棒を咥え込むヴァギナが、隆由を強烈に締め上げた。それは、少女が見せた精一杯の意思表示だった。

「ウチ、イきたい！　センセと一緒にイきたい！　なんでもするよって、連れてって！」

「いいだろう。しっかりついて来い！」

隆由が笑う。一見悪手と思える一手を、巧みに相手を誘うことで、いつしか好手にへと変化させる。そんな碁の醍醐味《だいごみ》に似た喜びを、彼は今実感していた。必死にしがみつく早美を抱きかかえ、隆由は繋がった互いの身体がベッドから浮くほどの勢いで剛直を突き上げる。膣奥深くに突き当たる怒張の衝撃が、少女を遥かなる高みへと誘う。

「ひあっ！　イくぅっ！　あ……、イくぅぅぅぅぅぅーンンンンっ!!」

間髪置かず、隆由もまた灼熱の高ぶりを解き放っていた。

第4章　献身

夏休みも終わり、新学期を迎えて3週間ほど経《た》ったある日の放課後。厳しい残暑も強力なエアコンのお陰《かげ》で無縁の理事長室で、隆由はひとりの少女と対面していた。

「千夏《ちなつ》さん……だったね？　それとも〝千夏くん〟のほうがよいかね？」

書類から上げた視線を、執務机《しつむづくえ》の前にぼうっと立つ線の細い少女、芙蓉《ふよう》千夏へ向ける。

「別に……。どっちでも……いいわ」

「そうか。それならいっそ〝千夏〟とでも呼ばせてもらおうか？」

返事はない。ならば、そう呼んでもよいということだろう、と隆由は勝手に解釈する。

「では、千夏。君は我が学園に転入してきたわけだが、希望の学科はあるのかね？」

その問いかけにも、視線を外し、虚《うつ》ろに宙を眺める千夏。少女の言動には感情というものが微塵《みじん》も窺《うかが》えない。シックな色合いでまとめられたセーラー服姿の千夏は、かつて隆由へと貢がれた篠崎七香同様に、いわゆるロリータ系の容姿をしていた。長い髪の左右に結ばれた細いリボンが、セーラー服の胸もとを飾るリボンとともに幼女のイメージを強調しているかに見える。年齢の割に発育度の低い肢体《したい》。整ってはいるが陰鬱《いんうつ》で無表情な容貌《ようぼう》。加えて、そのあまりに無感情な言動は、心身ともに酷《ひど》く不健康そうな印象を与えた。

こいつが天才？　とてもそうは見えんな。隆由は少女を観察しながら、事前に確認しておいた情報を頭の中で紐解《ひもと》いた。

幼い頃《ころ》に両親を亡くし、施設で育った千夏は、緑林学園では珍しい公立校からの転入生だ。それも、東京23区に対抗すべく発展を続ける多摩23市とは対照的に、どこか置いてけ堀を喰《く》った感のある諸島地区からだった。成績は中程度。運動に至ってはからきし。特に持久系の種目は壊滅的……。前の学校から送られた資料にはそうある。けれど、公私にわたって隆由の秘書を務める永江葛葉の報告によれば、３年前、国内のとある知能テストで現れたＩＱ計測不能という結果を出したのが千夏だと言うのだ。計測不能の理由は、すべての設問に対して完璧《かんぺき》な解答が行われたことによる。それは、理論的にあり得ないことであった。事前に設問の内容と解答が漏洩《ろうえい》した可能性を考慮し、結果は無効とした上で破棄されたのだが、実際は極秘サンプルとして保管された。ところが、その処理に携《たずさ》わった関係者がことごとく死亡し、サンプルは封印されるに至る。一部では、そもそも漏洩の事実はなく、テストの結果は正当なものだとした上で、その驚愕《きょうがく》の事実を闇《やみ》に葬るため、裏である組織が暗躍したと噂《うわさ》になった。だが、１年と経たずして、組織の幹部と目されていた人物達《たち》も謎《なぞ》の憤死を遂げ、ついには組織の暗躍説自体も自然消滅してしまったのである。

　十数人にも及ぶ関係者の不自然な死。その中心には、ひとりの少女の存在があった。むろん公表されてはいないが、テストを受けた人物たる千夏である。葛葉と彼女が統括する玉越グループ秘書部第13課のメンバーは、封印されていたサンプルを秘密裏に入手し、そこから千夏の行方を追って、ついに身柄を確保したというわけだ。もっとも、隆由の懐刀であり、優秀なブレーンでもある葛葉は、千夏を単にＩＱ計測不能な天才少女としてだけ迫っていたのではない。葛葉は、彼女の出生の秘密、その正体までも突き止めていた。

「進化プログラム生成を目的に創設された秘密結社〝ルクセル〟。その創始者であるとされるアトワイス・ルーニニム博士のクローン。それも、ただのクローン人間ではない」

隆由が声に出して言うと、目の前の少女の虚ろな瞳《ひとみ》がかすかに揺れた。

「どうして……それを……？」

掠《かす》れた声がボソリと耳に届く。隆由はニヤリと笑って見せた。

一個の細胞や生物から無生殖的に増殖した、遺伝子組成がまったく同一の生物の一群を意味する〝クローン〟。1903年に生物学者のH・ウエッパーが初めて用いたこの単語は、もともと挿《さ》し木などの植物培養、あるいは細菌や原生生物の体細胞分裂などによるものを指した。だが、かつてはSFのネタでしかなかった〝クローン人間〟も、細胞融合や遺伝子組み換えを可能とした遺伝子工学の急速な進歩によりクローン羊〝ドリー〟が誕生したことで、様相が一変する。そう、クローン羊の創造が可能ならば、クローン人間の創造もまた、技術的には可能なのである。世界に衝撃を与えたこの成果は、科学のモラルを問うて論争を呼び、まさにSFさながらのセンセーショナルな事態を巻き起こした。21世紀初頭には、クローン技術は不妊治療のひとつとして採《と》り上げられ、マスコミは遺伝子療法によって産まれた子供を〝クローン人間〟と報じたが、本来、遺伝子的に完璧な同一個体である〝クローン〟とは意味合いが異なっていた。しかし千夏は、その意味においても、世界初の正真正銘のクローン人間であった。

秘密結社〝ルクセル〟は、進化プログラム生成の一環としてクローン人間の創造に取り組んだ。彼らの真の目的は、永遠の命を得ること。クローンボディを器として未来永劫生き長らえることであった。それをして〝進化プログラム〟と称したのである。もっとも、それには大きな難問があった。すなわちクローンボディへの〝魂の転写〟である。脳そのものを外科移植したところで、オリジナルの細胞には当然寿命がある。サイバーテクノロジーの活用、すなわち電脳化には、結社の主だった幹部が難色を示した。そこで彼らが着目したのは、当時形態形成場理論の第一人者と名を馳《は》せていたルーニムの存在だった。

形態形成場理論とは、生きた有機体にしろ無生物にしろ、すべての物質は記憶の連合的な〝場〟を有しており、それが構造上の形成や様々なプロセスを導くことに、形態共鳴という形で能動的な役割を果たしているというものだ。つまり、形態形成場とは集合的情報のプールなのである。物質は絶えず、そこにアクセスして情報を引きだし、新たな情報を追加していく。そう考えると、脳は記憶を収めるためのケースではなく、情報プールから発信される記憶をキャッチするためのレシーバーかつチューナーとなる。心理学者のカール・G・ユングが論じた〝集合的無意識〟、あるいは人智学者のルドルフ・シュタイナーが提唱した〝アーカーシャ年代記〟と酷似するものだ。いずれにしろ、彼らはその理論の応用によって、記憶や意識といった〝魂〟を転写しようと考えたのである。

だが、結社の幹部達には誤算があった。ひとつは、ルーニムが個ではなく種の進化にこだわったことだ。そこでルーニムは、ルクセルの組織力を逆手に取り、劇的な進化の起爆剤となる人為的突然変異の創造に着手する。形態形成場への自発的チューニング機能をプログラミングした自らの遺伝子を使用して、〝エヴォリューショナル・メサイア〟となるクローンを創《つく》り上げたのだ。誤算のふたつめは、ルーニムが癌《がん》を患い、余命幾許《よめいいくばく》もない身であったことだ。病を押して研究に打ち込んだ結果、ルーニムはクローンを創造してすぐにこの世を去った。残されたルクセルのメンバーは、クローンが完成しているのかどうかさえ判断できなかった。それが、三つめの誤算である。ルーニムのクローンボディは、創造の過程で操作された遺伝子の影響により、オリジナルの完全なコピーとはなり得なかった。ルーニムが持っていたモンゴロイド系の遺伝要素が強く出て、容姿さえも変わっていたのだ。けれど問題は外見よりも中身である。ルーニムの記憶や意識が発現するか否か、実験の成否はその一点にかかっている。そして四つめの誤算は、芙蓉千夏として育てられたルーニムのクローンボディが、独立した自我を持っていたことだった。

葛葉から報告されたを内容を語る隆由は、いよいよ核心となる部分を口にする。

「君は、ルクセルの目論見《もくろみ》ばかりか、ルーニムの遺志までもを否定した。なぜなら、形態形成場とのアクセスによって千里眼としての能力を有した君には、未来が見えてしまうから。自分の命が、あと数年しか保《も》たないことを知ってしまったから」

隆由が言い終えると、向かい合うふたりの間を、しばし沈黙が支配した。やがて、相変わらず無表情のまま、千夏がゆっくりと朱唇を動かす。

「お喋《しゃべ》りな理事長ね……。不覚……だったわ。まさか、あなたみたいな人がいるなんて」

「そうだ。いい目をしているぞ、千夏。これから何が起こるのかもわかるのだろう？」

そう言って笑う隆由に、少女が小さく頷《うなず》いた。

「ならば、俺《おれ》のモノをしゃぶってもらおうか。穢《けが》れない人形を白い液で汚してやるよ」

玉座の如《ごと》き椅子《いす》にふん反《ぞ》り返る隆由は、股間《こかん》のモノを引きだし、顎《あご》をしゃくって促す。

意外にも千夏は黙って従った。表情ひとつ変えずに隆由の足もとへ跪《ひざまず》き、力強く勃起《ぼっき》した肉棒へためらいもなく舌を這《は》わせる。

「んん……、ンッ、ンハァ……、ンッ、んんぅ……、ンッ、んんぅ……、ンッ、ンッ」

淫靡《いんび》な音色が空気の中に熔《と》ける。どこか機械的な、それでいて巧みな舌捌《したさば》きだった。

「いいぞ、千夏。そうだ。最初にしては上手《うま》いじゃないか？　それとも、今までにもやったことがあるのか？　こういうことを」

「ンンッ、んぁ……、今まで、んんぅ……、幾人かいたわ……。わたしの、んんっ、成長しきれない細い身体《からだ》……、虚弱な容姿を好む男達……。わたしを、ンンッ、この身体を、自分のモノに……、んはぁっ、玩具《おもちゃ》にしたいと思った……、ンンッ、愚かな男達が……」

そっと手を伸ばし、隆由は少女の髪に触れる。指の間に柔らかく蕩《とろ》ける髪の感触が心地よい。クローンであろうと、どんな特殊能力を持っていようと、そんなことは関係なかった。そこに制服を着た美少女がいる。ならば、犯すまでだ。

「ほほう。まあそうだろうな。お前の持つ儚《はかな》さ。その危うい魅力が、そういった男達を惹《ひ》きつけるんだろう。それで、舐《な》めてやったのか？　その男達のモノを」

「ん、んはぁ……、死んだ……わ……。わたしに……触れようとした愚かな男達は……。わたしの身体に、んあ、指一本触れる前に……、ンンッ、ただの肉の塊になった……」

「そうか。ルクセルに抹殺されたのだな？　だが、そのルクセルもすでに消滅した」

「んん……、ンハァッ、んっ、違う……。ンァッ、違うわ。あなたの……考えは……」

隆由は背筋に悪寒を感じて身震いした。部屋の温度が急激に下がったような感覚。同時に、少女の抑揚のない冷たい声が耳に届く。

「わたしが……殺したの。うざったい虫ケラ。わたしにかかわろうとした、虫ケラを」

「なんだって⁉　お前が？　その細腕で……、殺《や》ったというのか？　お前が……」

まさか……⁉　驚きに目を見張る隆由。この娘は、千里眼だけでなくＰＫ、すなわちサイキック能力をも持っているのか？　隆由の脳裏にそんな疑念が浮かんだ。すると、彼の視線の先で、肉棒を咥《くわ》える無表情の少女がチュプチュプと淫《みだ》らな音を奏でながら言う。

「そう……、そのまさか……。簡単……、んむ……、だったわ……。脳の小さな線を切ればいいだけ……。たったそれだけのことで……、ンンッ、ん……、死んでしまう……」

なんてことだ！　さすがの葛葉もそこまでは把握していなかったのだろう。鋭利な刃物のような緊張が隆由の身を支配する。

「俺も殺す気なのか……？　いや……、それならなぜ、お前は俺のモノを咥えている？」

「ンッ、んはぁ……、それは、ンゥッ、ただの……、ん……、んんっ、気まぐれ……。もうすぐ死ぬわたしの……、んあっ、ただの、ンンッ、気まぐれ……」

少女の唇が緊張に脈打つ剛直へと吸いつき、舌先が艶《なま》めかしく絡みつく。過敏になった先端部を温かな唾液が包み、激しい感情の高ぶりを否応なしに頂点へと誘う。

殺生与奪の権利を握られながらも、隆由はしかし負けてはいなかった。

「く……！　射精《で》るぞ、千夏。かけてやるよ。お前に……！」

わずかに頷いた千夏が反り返るイチモツを舐め上げた瞬間、肉棒の先端から灼熱《しゃくねつ》の高ぶ

り が迸《ほとばし》る。何度も脈動し、大量の放出を繰り返す隆由。細い髪に、青白い肌に、朱唇に、制服に、白濁の粘液を浴びながら、千夏は変わらぬ暗い瞳で隆由の顔をただ眺めていた。

「君が、体育科志望の小沢沙綺《おざわさき》くんか」

千夏の一件から数日後、隆由は理事長室に新たな転入生を迎えていた。小沢沙綺と呼ばれたその生徒は、詰《つ》め襟《えり》の学生服を身に着け、目深に被《かぶ》る赤い帽子はひさしの上に金属プレートをあしらう耳当て付の大仰なものだ。10月を目前に控え、そろそろ衣替えシーズンの到来ではあるが、未《いま》だ残暑が居座っているだけに、沙綺の出立ちはいささか暑苦しい印象だった。もっとも、エアコンの効いた理事長室においては多少事情も異なりはするが。

隆由は手もとの書類に視線を落とす。そこには、未公認の参考記録ながら、男子400メートル走をはじめ、陸上のスプリント競技全般に渡るトップレベルの成績が記されていた。

「ふむ、実に優秀だ。君のような生徒が我が学園に入ってきてくれて嬉《うれ》しいよ」

「こちらこそ光栄です」

恭《うやうや》しく会釈をした沙綺は、それでも帽子を脱ごうとはしない。

「この学園の名声を汚さないよう、そしてさらに高められるよう、僕《ぼく》なりにできることを精一杯頑張《がんば》りたいと思っています。理事長先生にはお言葉をかけていただきまして誠に嬉しく思っております。なにとぞ、ご指導、ご鞭撻《べんたつ》のほどをよろしくお願いいたします」

「ほほう、見事な挨拶《あいさつ》だな。実に礼儀正しい。しかも……」

敢《あ》えて帽子のことには触れず、いったん言葉を切った隆由はやや興奮気味に続ける。

「君にはとてもそそられる。見事な身体のライン。一片の無駄《むだ》もない筋肉。堪《たま》らないね。ぜひともわたしの手もとで育てたい。わたし自ら……、わたしの手で。完璧な存在に！」

「は、はあ……。あの……、その、ありがとうございます……」

呆気《あっけ》に取られる沙綺がしどろもどろに礼を言った。一方の隆由は、何事もなかったかのように、あっさりと平静に戻る。そして、唐突に話題を変えた。

「ところで、君の名前だが、男としてはかなり珍しいのじゃないかね？」

わずかに沙綺の表情が引き締まる。「何度も聞かれていつも答えることなのですが」そう前置きしてから、沙綺は説明を始めた。

「母が、20年前の陸上金メダリスト、田村沙綺に憧《あこが》れていまして、それで僕にその名前をつけたんだそうです。男らしくない名前だと、よく言われますが……」

田村沙綺とは懐かしい名前だな。隆由は思った。まだ母親が生きていた時分、6畳1間の安アパートで、ふたり仲よくTVを観《み》ながら応援した女性アスリートの名がこんなところで出ようとは。だが、それから4年後のオリンピックには、彼女の姿はなかった。不慮の事故で選手生命を絶たれていたのだ。もっとも、仮に彼女が出場していたとしても、隆由はその勇姿を目にすることはなかっただろう。当時の隆由は、玉越家の別邸に隔離された上に、一切の娯楽を奪われていたのだから。

「なるほど。それにしても、君の〝小沢〟という名字なのだが……」

机の上に両肘《りょうひじ》をついた隆由が、組んだ指に顎を載せて沙綺を見つめる。

「つい最近、このわたしが手塩にかけて育てた女子生徒に同じ名字の者がいてね。心なしか顔立ちも似ているような気がするが……？」

放たれる鋭い視線は、獲物を狙《ねら》う狩人のそれだ。沙綺は思わずたじろぎ、慌てて口を開く。動揺する気持ちを抑《おさ》えるのに必死になりながら。

「い……、いいえ、違います。僕はひとりっ子ですから。姉は……、そのぅ、親戚《しんせき》もほとんどいないですし……。親が、母親しかいないものですから……」

言っておいて沙綺は、しまったと思う。家族構成は編入願書を見れば一目瞭然《いちもくりょうぜん》である。動揺のあまり〝姉〟という言葉を口走ってしまったのは失敗だった。けれど、そんな沙綺の心配をよそに、隆由はふと表情を和《やわ》らげた。

「そうか。それは悪いことを訊《き》いてしまったな。すまなかった。忘れてくれ」

「い……、いえ……」

詫びの言葉をかけられて、内心安堵《あんど》する。苦し紛れに口にした母子家庭であるということは、事実だけに効果があったようだ。ところが……。

「カリキュラムの説明がまだだったな、沙綺くん。隣りの部屋で説明しよう」

立ち上がった途端、再び隆由の目つきが変わった。沙綺の頭から爪先《つまさき》までを、あたかも舐め回すように視線が往復する。卑猥《ひわい》さを滲《にじ》ませる鋭い眼光に気圧《けお》され、一歩後ずさる沙綺。だが、それも一時の迷いとして振り払い、目の前の男に向かって小さく頷く。

「はい、理事長先生……」

唇の端を歪《ゆが》めて笑う隆由は、ゆっくりと扉を開け、沙綺を隣室へと誘った。意を決した沙綺が室内に入るなり、隆由が静かに扉を閉ざす。理事長室と同様に窓がないらしく、部屋の中は真っ暗だ。隆由が扉に鍵《かぎ》をかけた様子はない。沙綺は抜かりなく、唯一の出入口である理事長室と通じる扉の位置を頭に叩《たた》き込んだ。

不意に、室内に明かりが灯《とも》った。淡い照明だったが、闇に慣れた目には眩《まぶ》しい。沙綺は目を瞬《しばたた》かせながら周りを見渡す。部屋の中心に置かれたキングサイズのベッドが目を引いた。さらに、鼻孔《びこう》をくすぐるかすかな匂《にお》いが気にかかる。

なんの匂いだろう……？　樹木の香りのようでもあるが、口に入るとかすかに苦い。

「ククク……。気がついたか？」

狩人の、いいや、むしろ獣の目をした隆由が笑う。

「痺《しび》れ香だ。これを嗅《か》いだ者は、耐性がなければ、すぐに手足が痺れてくる」

愕然《がくぜん》とする沙綺の背後から伸びた腕が、乱暴に肩を掴《つか》む。

「はっ、放して……！」

逃れようとする肩をガッチリと掴み、薄く嗤《わら》いながら隆由が耳もとで囁《ささや》く。

「無駄なことを。この小さな肩。華奢《きゃしゃ》な手足。バレないとでも思っていたのか？　ご苦労なことだな、小沢沙綺。姉を救いに来たか？　飛んで火に入る夏の虫とはこのことだ」

見破られていた⁉　沙綺は戦慄《せんりつ》し、扉へ向かって走りだそうとした。だが、すでに痺れ香の効果が顕《あらわ》れ始めている。手も足も思うように動かなかった。

「いや……！　放してよっ！　やあ……、やだやだっ！　やあっ‼」

「可愛《かわい》い声で鳴くじゃないか？　クク……、姉の亜希《あき》ほどじゃないにしても、な」

沙綺とは異母姉妹の姉、亜希は、声楽家になることを目指して数カ月前に地元の高校から緑林学園へ転校していた。亜希の実母は、彼女を産んですぐに亡くなっている。高名な音楽家である父親は、生後間もない亜希のことを考え、亡き妻の四十九日が済むなり再婚していた。1年と置かずして、その後妻との間に産まれたのが沙綺である。同い年の姉妹は、母親の違いからか対照的な性格をしていた。亜希は気弱で引っ込み思案、沙綺は快活で男優りという具合に。ふたりは仲のよい姉妹だったが、両親は5年後に離婚。亜希は父親、沙綺は母親に引き取られる。以来、亜希の父は再婚と離婚を繰り返し、今に至っている。一方、沙綺の母は再婚せずに、娘の姓も〝小沢〟のままにしていた。別れて暮らしてもなお妹にとても優しい亜希と、そんな姉を慕う沙綺の絆《きずな》を断ち切りたくなかったのだろう。そして姉妹は、頻繁に会えないまでも毎日欠かさず電話やメールのやり取りをしていた。それが、亜希の学園への転校を機に、一切の音信が不通になってしまったのである。

きっと何かよからぬことが姉の身に起きたに違いない。そう睨《にら》んだ妹は、学園について調べ始めた。その結果、彼女は学園の暗部、理事長が女子生徒を毒牙《どくが》にかけているとの噂を知った。亜希の身を案じた沙綺は、いてもたってもいられずに、高級クラブのホステスである母親の協力のもと、男子と偽って学園への潜入を試みたのだった。

だが、しかし……。沙綺は知らなかった。そもそも彼女の耳に噂が届いたこと自体が、隆由の仕組んだ罠《わな》だということを。沙綺が願書に書き込んだ陸上の記録は、すべて本物である。ただし、女子としての。つまり彼女は、類希《たぐいまれ》な運動能力を有すアスリートなのだ。

そんな獲物を隆由が放っておくはずもない。

「お前は姉の身に何が起きたか調べに来たんだろ？　教えてやるよ。お前の身体にな！」

言うが早いか、隆由は学制服のボタンが弾《はじ》け飛ぶほどの勢いで沙綺の身体をベッドへと押し倒した。その衝撃で、帽子の下に隠されていた長い栗色《くりいろ》の髪がこぼれ落ちる。

「帽子の下には、こんなに艶《つや》やかな髪が隠れていたのか。隠すのはもったいないな」

髪の毛を掌《てのひら》に掬《すく》い、甘い香りを堪能する隆由。おぞましさに顔を背《そむ》ける沙綺の様子を楽しみ、隆由ははだけた学生服の胸もとにのぞく真っ赤なタンクトップをずり上げた。

「あっ⁉　やだぁっ！　やめてっ！　こんなぁ……！」

痺れ香に蝕まれる不自由な身体を揺すり、大声で喚《わめ》く少女。その柔らかな肌に指を這わせる。弾力に富んだ瑞々《みずみず》しい感触が指先に心地よい。

「ふむ。身体つきから想像はできたが、実に素晴らしい。柔らかなライン。見事に発達した筋肉。さすがは我が学園を志望しただけはある。見事な身体だよ、沙綺」

淫猥《いんわい》な笑みを浮かべ、痺れ香の影響で文字どおり手も足もでない沙綺の上にのしかかった。制服のズボンに手をかけ、その下のボクサーショーツごと強引に引き降ろす。

「あっ！　いやああっ！　何するのっ⁉」

言葉にするまでもない。無防備にさらけだされた下腹部にたたずむ秘密の花園を、いきり勃《た》つ凶器が踏み散らす。灼熱の棍棒《こんぼう》がうっすら色づく花びらの中心へと侵入した。

「ひっ⁉　うぐぅぅぅっ！　やっ、やあっ！　ああっ！　こんなの……、やあっ‼」

無理矢理押し込まれる怒張から、必死に身を捩《よじ》らせて逃れようとする沙綺。

「無駄だよ、沙綺。身体に力が入らないだろう？」

確かにそのとおりだった。感覚がマヒし、お陰で処女を奪われているにもかかわらず、痛みもさほど感じない。けれど、だからといって済む問題ではなかった。

自由の利かない身体を弄《もてあそ》び、レイプするなんて！　我が身を襲う卑劣で残忍な行為。それが、最愛の姉の身にも起きたことは間違いない。沙綺の目から悔し涙が溢《あふ》れる。

だが、彼女のそうした様は、隆由を喜ばすだけだった。体重を乗せ、分身をさらに奥へと押し進める。沙綺の悲鳴が室内にこだまする。

「ああっ、痛いっ！　やめてっ！　あっ、やめっ、やめてぇっ！　お願いぃっ！　これ以上……、うああっ、ダメぇっ！　壊れちゃうっ！　わたし……、壊れちゃうよおっ！」

「クク……。哀願か？　沙綺、惨めだな。お前は自分の身体能力に自信があったんだろうが、それが却《かえ》って仇《あだ》になったな。所詮お前ら如きなど、この程度の力しか持っていないのだよ。ようやく理解したかな？　自分の身のほどというやつを」

嗤いながら、隆由は腰を前後に揺すり始めた。

「くっ！　あっ、はぁ……、はあぁあああっ！」

体内を貪《むさぼ》られる少女の叫び。その高く鳴く響きを耳で楽しみ、身悶《みもだ》える肢体を愛《め》でる。美味な果実を思う存分に貫き味わう隆由が、腰の動きを速めていく。

「うっく……、わたし……、はっ、ハアッ、わたしはっ、ハアッ、忘れないからっ！　今日の……ことっ、一生っ、はぁっ！　ああっ、あっ、ああんっ！」

「おや、忘れられないか？　それは嬉しいな。まあ、処女だから当然と言えば当然か」

結合部に手をやり、破瓜《はか》の証を指に絡める隆由が、赤く濡《ぬ》れた指先を生贄《いけにえ》の目の前にかざして見せる。ギリリと奥歯を噛《か》み締め、沙綺は凌辱者《りょうじょくしゃ》を睨みつけた。

「その目……。いいぞ。痛みに屈服せずに俺を憎む目。堪らないな。そんなお前を、これから絶望のどん底に叩き込めるかと思うと、なっ！」

「くっ！　はぁっ、こ、このままじゃ……ないっ！　絶対……、うっ、訴えてやるっ！」

「ほほう？　できるのか、お前に？　こうやって俺に支配され、アソコから淫らな汁を滴《したた》らせながら俺のモノを咥え込んでいるお前に、そんなことができるというのか？」

「ええっ！　そうよっ！　絶対、訴えてやるんだから！　こんな非道……、ずっと続くはずなんて……ないっ！　日本は法治国家だものっ！　こんなことっ、すぐに週刊誌のネタになる。誰《だれ》もが、とっ、飛びつくわ。理事長のワイセツ行為を、知ったらぁっ！　お、お金を使い込み、私利私欲のための淫らな……、うあっ、行為をしてるって知ったらっ！」

苦悶《くもん》に喘《あえ》ぐ朱唇が、ようやくの思いでひりだした言葉を、隆由は鼻で嗤う。

「だがなぁ……、その、誰だって知りたがることの中には、お前の姉の行為も含まれているのだぞ？　俺の肉棒欲しさに、自分からケツを振ってねだる淫らな姉のこともな！」

「えっ!?　そんな……？　それは……」

「それにお前は、重大な思い違いをしている。この行為は俺の私利私欲のためじゃない。世の中のためさ。お前達を犯すこの悦《よろこ》びを、いずれは皆で分かち合うことになる」

そう言って、隆由は胸に抱く野心を披露した。彼は言う。世の中には支配する者と支配される者が存在する、と。民主主義だ共産主義だなどと言っても、それは変わらない。事実いつの世も、民衆は強力なリーダーシップを振るう指導者を求めているのだ。

だが、一方では支配されることを望む大衆は、他方では支配者に反発する。数を頼みに支配者をその座から引きずり降ろそうと画策する。自らが祭り上げた者にでさえ、容赦なく非難を浴びせる。責任を追及し、時として財産や生命までをも奪う。そのクセ、自分達は何ひとつ責任を取ろうとはしない。そんな大衆を、かつての支配者達は恐怖を与えることでコントロールしようとした。しかしその方法は長続きしない。恐怖は恐慌を呼び、恐慌は無秩序を生むからだ。そこで隆由は、恐怖の替わりに快楽を用いた。

むろん、快楽は堕落を呼び、やがては退廃による秩序の崩壊を引き起こす。だからこその学園運営なのである。快楽だけではなく、同時に自らを律する目的意識をも育成する。無責任に支配されるのではなく、支配される悦びを持って忠誠を尽くす精神を育《はぐく》ませるのだ。学園の生徒達、殊《こと》に隆由の手にかかった少女達は、まさにその尖兵《せんぺい》なのである。

「お前は選ばれたんだ。この学園の中でも俺直々に教える女は数少ない。お前は優秀だ。そして、素晴らしい肉体の持ち主だ。選ばれたんだよ。身も心も俺に捧《ささ》げるために！」

締め括《くく》りの言葉とともに、抽送のスピードがさらに加速した。

「ああっ！　あうう……、はあっ、はぁあああああんんっ！」

肉と肉が混じり合い、濡れそぼった熱い部分を擦《こす》り、貫く。少女の身体を、美味《うま》そうなその肉体を、快楽の支配者たる暴君が貪欲に喰らい尽くしていく。

「沙綺、射精《だ》すぞっ！　初めてだからな、たっぷりと膣内射精《なかだ》ししてやろう！」

「いやあっ！　やめてっ！　やっ、膣内だけは、あうっ、膣内だけは……やめ……て！」

「クク……。もう遅いっ！」

鈍く重い衝撃が沙綺の体内に響いた。次の瞬間、下腹の奥底で激しい爆発を感じる。

「いやあぁっ！　いやっ、いやぁぁぁぁぁぁぁぁぁぁーっ!!」

膣内深く埋め込まれたモノの先端から、ドクドクと大量に吐きだされる灼熱の液体。

「ああ……、あっ！　いやあ……！　こんなの……、こんなの……、いやぁ……！」

虚ろに潤んだ瞳の少女は、絶望に満ちた拒絶の言葉を譫言《うわごと》のように繰り返していた。

「ふむ、ではこんなのはどうかね？」

半萎《はんな》えの分身をズルリと引きだした隆由は、そう言って理事長室へのドアへと歩く。扉を開くと、その先にはひとりの少女が立っていた。しかも全裸で。

「準備はできているようだな？」

「はい、理事長先生」

澄んだソプラノ声が答える。その少女こそ沙綺の姉、小沢亜希である。妹よりも小柄でスレンダーな姉は、前髪をアップにして白いヘアバンドで留《と》めている。どれほど待っていたのか、頬《ほお》は紅潮し、額にはうっすら汗を滲ませていた。

「よし。では続きを始めよう」

ショウの第二幕が宣言されると、亜希はしずしずベッドへ歩み寄り、妹が身につけているものをすべて剥《は》ぎ取った。朦朧《もうろう》とする意識の中、沙綺は姉の気配を認める。けれど優しい姉は、窮地の妹を助けにきたわけではなかった。裸身を抱きかかえ、細い指で双丘をまさぐる。キュンと尖《とが》った乳首を摘《つま》み、熱くぬめる舌を耳タブに這わせていく。

「お……、お姉……ちゃん……？　あ……！　はぁっ、ああっ！　お姉ちゃぁん⁉」

驚きとともに、とてつもない快感が沙綺の身を駆け抜けた。ついさっき大量の精を放たれたばかりの秘裂がわななき、白濁の粘液をダラダラと吐きだす。そこへさらに、背広を脱いだ隆由が加わった。早くも力を取り戻した肉棒を、再び沙綺のヴァギナへ押し込む。

「うあっ！　あううう……、こ、こんな、３人で……、はあんんっ、な、なんて……、こんなの……、おかしいよっ！　こんなの……、ダメぇっ！　アァッ！」

「どうして……？　沙綺……、もしかして……、わたしのこと……嫌いになった？」

不安げな声が鼓膜をくすぐる。それは確かに気弱な姉の声だった。だが、そのあとに続く声は、沙綺の知る亜希のものとはかなり異なっていた。

「クス……。わざわざ訪ねてきてくれたんだから、そんなことないわよね？　わたしを捜しにきてくれたんでしょう？　わたしのことを求めてきてくれたんでしょう？　それなら可愛がってあげなくちゃ。わたしの可愛い沙綺……。ああ……、綺麗《きれい》な肌ね」

「はぁぁ……、お姉ちゃん、はぁあん……、どうして……、うぁあんん……、こんなことにっ⁉　あはぁんんっ、どうして、お姉ちゃんが……、こんなぁぁっ⁉」

「それはね、沙綺。理事長先生の言うとおりにすれば、なんにも心配いらないからよ。何もかも委《ゆだ》ねればいいの。そうすれば、とても健やかになれるの。心も……、身体も……」

耳の奥に湿った息を吹きかけ、亜希の艶めかしい声が続ける。

「もっとイヤラシく、いつでも先生のモノを挿入《い》れて悦んでもらえるように。いつでもただの牝《めす》に、イヤラシイ肉奴隷になれるように。だから、ね、沙綺。わたしの可愛い沙綺」

悪戯《いたずら》っぽい笑みを浮かべ、まるで小悪魔の誘惑の如き甘い囁きを洩《も》らす亜希。その魅惑のソプラノ声に、上半身を優しく愛撫《あいぶ》するテクニックに、沙綺の理性は蕩けた。

「はあん……、あっ、ああん、お姉ちゃん……、お姉ちゃぁんっ！」

積極的に身を任す沙綺。対する亜希は、そんな妹に自分の胸を押しつけ、耳の穴の中へと舌先を潜り込ませていく。

「あはぁん！　ダメぇっ！　そんな……、そんなとこっ！　はぁんんっ！」

激しく身悶える沙綺は、しかしその意識をすべて姉に向けていた。初めからそうなることは予想していたが、下半身担当の隆由としてはおもしろくない展開だ。そこで。

「クク……。姉妹ばかりで楽しんでいないで、俺も混ぜてくれよ、おふたりさん。さあ、脚を開け、沙綺。亜希に、お前の姉さんに、妹の可愛い艶姿《あですがた》を見せてやれ！」

「はあ……、あっ、あぁっ！　そんな……、お姉ちゃんの、見てるとこで、なんてっ！」

口では言うものの、もはや沙綺には抵抗などできない。隆由の手で、スラリと伸びた脚が高々と持ち上げられる。それによって、亜希の位置からでも結合部が丸見えとなる。そのまま隆由は、姉に見せつけるように、妹の肉壺《にくつぼ》に激しい抽送を繰り返した。

「ああっ！　わたし……、ハァッ、おかしくぅっ、あぁあっ、はぁんんっ！」

　妹が貫かれる様をうっとりと見つめながらも、亜希は上半身への愛撫に余念がない。それこそ献身的なまでに。沙綺の身体をギュッと抱き締め、前後左右にユラユラ揺する。

「ふふっ、可愛い……。先生に挿入れてもらって、感じてるのね？　そうよ、沙綺。もっと自分から腰を動かして。ああ、乳首、こんなに勃たせて……。ふふっ、可愛い沙綺」

　隆由が突き上げるリズムと亜希が作りだすうねり。2種類の悦楽に挟まれ、沙綺は官能の濁流に呑《の》み込まれていく。

「お姉ちゃぁん……、わたし、な、なんか……、熱いぃ！

お姉ちゃんが、触ってくれるとこっ、熱くて、おかしく

……なっちゃうよおっ！　こんなの、こんなの知らないっ！　今までのと……全然……違うっ！　あはあんっ、ダメぇぇぇぇっ！」

いつしか自らも腰を動かし始める沙綺。愉悦に喘ぐ唇の端からは涎《よだれ》をこぼし、体内奥深くから生みだされる快感に、ただ溺《おぼ》れ、ただのめり込む。

「そうよ、沙綺。それでいいの……。さあ、もう我慢しなくていいのよ。ご主人様が見ている前でイッてみせて。わたしに、可愛い顔を見せてちょうだい」

すでに隆由の奴隷に堕《お》ち、ご主人様と繋《つな》がれる悦びを知る亜希は、身体の半分に自分と同じ血を、同じ父の遺伝子を持つ分身へ、優しく、そして淫らに呼びかける。

「怖《こわ》がらなくてもいいわ。わたしもいるから……。心配することは何もないから。ただ気持ちいいだけ……。ただ……、ただ……！」

言いながら、亜希自身湧《わ》き上がる高ぶりを禁じ得ない。

「挿入れて、メチャクチャにしてもらって、キモチイイだけ！　イイの、凄《すご》くイイの！」

なんと亜希は、自分が口にした言葉に興奮して、あっさり絶頂を迎えてしまった。スレンダーな肢体をビクビクと痙攣《けいれん》させ、妹の身体にしがみつく。沙綺の耳に届く姉の恍惚《こうこつ》の吐息。そして、我が身を擦り上げ、貫く音。ジュプジュプと卑猥な音を立て蠢《うごめ》くモノと、後ろからの姉の吐息は、沙綺の意識を天高く舞い上げていく。

「はぁあっ！　わたし……、お姉ちゃんっと、ああっ、一緒……、はぁん、あんっ！　ダメェっ！　お、お姉ちゃんっ！　イッちゃう……、あ、あっ、あああぁぁぁぁんんっ!!」

何もかもをかなぐり捨てて激しく身を震わせる沙綺。その姿を見降ろし、隆由は満足の笑みを浮かべる。性奴隷となり果てた姉を健気《けなげ》にも救いにきて、自分自身もまた肉奴隷となり下がる淫乱な妹。最高の筋書きである。これはしばらく愉《たの》しめそうだ。

「クク……。いい姉妹だ。お前達は最高の淫乱美人姉妹だよ。ククク……！」

隆由の低い嗤い声が、どんよりと淀《よど》む部屋の空気に、ゆっくりと熔けていった。

「今、なんと言った？　千夏……、お前……？」

珍しく驚いた表情で、隆由が目の前に立つ少女を見つめる。学園への編入手続きは済ませたものの、一時的に葛葉預かりとなった千夏にはまだ制服が渡されていない。少女は衣替えの季節を迎えても、未だに半袖《はんそで》のセーラー服を身に着けていた。

「いなくなるの。わたしは、ここから……。そして、どこからもいなくなる」

「いなくなるだと？　何を馬鹿《ばか》なことを言っている。お前はもうこの学園に在籍しているんだ。ということは、お前には俺の命令を聞く義務がある。そうだろう、千夏？　お前は俺のものだ。俺の言うことを聞く、俺だけの肉奴隷だ」

「時折、あなたが羨《うらや》ましくなる時があるわ……。何故《なぜ》なら、あなたはいつでも自分の欲望に忠実だから……。最初は、自分の目を疑ったわ……」

ルクセルの管理下に置かれていた頃は、誰もが皆千夏の能力を欲した。彼女の力が、自分達に永遠の命を約束してくれると信じたからだ。やがて、ルクセルが消滅したあと、千夏の前を何人もの男達が通りすぎた。ただ彼女の身体を虐げることを、自分の優位を確かめたいと目の前の虚弱な娘を犯し、自らの欲望を、股間の高ぶりを発散したいと考え、そして、少女の能力を知って、逃げるか、死んだ。けれど……。

「あなたは……、他の誰とも違う。どうして、自分自身に嘘《うそ》がないの……？　わたしの能力を知っても利用しようとはしない……。わたしを……、ただ抱きたいと、そう思うだけで……。どうしてわたしを……、恐れないの……？　なぜ……？」

「ならば俺も訊こう。なぜ俺が偽る必要がある？　なぜ主《あるじ》が奴隷を恐れる必要がある？」

「そう……ね……。わたしも……、そんなに簡単だったらよかったのに……。こんな力なんて、持っていなければ……。だからわたしは、いなくなるの……」

「何を言っている？　お前は俺のモノだ。勝手に出て行くことは許さん！」

「どうしても……、そうしたいと言うの？　わたしの力を……、知っていながら？」

千夏の冷たい瞳が隆由の目を覗《のぞ》き込む。だが、彼は怯《ひる》むこともなく言い返した。

「ああ、そうだ。出て行くと言うならば、俺との勝負に勝ってからにしてもらおうか」

氷のように冷たい瞳がかすかに揺れる。今まで幾多の人間を死に追いやり、同時に自らの死を見つめ続けてきた瞳が……。

「勝負はお前の得意分野だ。このあと俺が何をするかを当ててもらおうか。当たっていれば、お前を自由にしてやる。だが、予想が外れていれば、お前は俺のモノだ。二度と戯言《たわごと》は言わせん。この先ずっと俺の性奴隷として生きてもらうぞ」

「いいわ……。あなたの好きにすればいい……」

「ククク……。ならば早速当ててもらおうか。これが当てられるならばなっ！」

言い放つ隆由が、やおら懐に右手を突っ込み、何かを握って素早く千夏の頭上に振りかざす。その瞬間、辺り一面に鮮やかな赤い飛沫《しぶき》が飛び散る。無表情の千夏の顔や制服に撥《は》ね、べットリと真っ赤な染みを作る。床の上は、さながら地獄の池の如き状態だ。そしてその赤い池に、隆由の体がスローモーションのようにゆっくり崩れ落ちた。

「愚か……ね……。あなたも……」

千夏がボソリと言う。低く掠れた陰鬱な声で。無表情の顔のまま。

またひとつ命が散っていく。千夏は問いかける。「どうしてあなた達は死に急ぐの？」と。

いつかは誰だって死ぬ。急がなくとも、いつかは動かないただの肉の塊になる。

「それなのに……。わたしには、何もかもわかってしまうのに……。どうして……？」

暗い瞳が揺れる。徐々に下に向かい、床に倒れる男のなれの果てを見降ろす。

わたしはここにいる。でも、なんのために？　本当は、わかりたくなんてなかった。何もかもを知りたくはなかった。「わたしが、初めて心を読めなかった人……」そう呟《つぶや》く少女も頬がかすかに引きつる。小さな震えに、目の端からこぼれた雫《しずく》が頬を伝う。そっと瞼《まぶた》を閉じ、少女はノロノロと回れ右をした。肩の震えが目に見えて大きくなる。

「あなたなら、何かをしてくれるかもしれない、何かをしてくれる、そう思ってたのに」

「そのとおりだ、千夏……」

不意に届く、背後からの声。ハッと振り返るそこには、服を赤く染めた隆由が立っている。彼は余裕の笑みを浮かべていた。そう、勝者の笑みを、だ。

「ククク……。俺の勝ちだ、千夏！」

勝利の宣言をする隆由は、握り締めていた右手を開いた。掌の中から出てきたのは潰《つぶ》れたタバコの箱。彼はそこから〝へ〟の字に曲がった1本を取りだし、新たに懐から取りだしたライターで火を着けた。旨《うま》そうに一服し、目の前の少女を眺める。千夏は微動だにせず、ただ立ち尽くしていた。相変わらずの無表情のままで。いいや、正確には、潤んだ目を開き、朱唇もわずかに隙間《すきま》を開けていた。おそらくは唖然《あぜん》としているのであろうことは、隆由にも充分理解できた。

「騙《だま》されただろう！　俺の演技に。そして、この造り物の血に。ふはははは、我ながら完璧だ！　葛葉に徹夜で準備させただけのことはある。千夏、世の中すべてがお前の掌の上だと思ったらとんだ大間違いだ！　ふははははははっ！」

実のところ、千夏の様子がおかしいことは事前に葛葉から報告を受けていた。むろん、少女がどういう行動にでるかもおおよそ予想ができていた。そこで隆由は、あらかじめ入念な計画を立てていたのだ。ただし相手は千里眼。形態形成場にアクセスできるＥＳＰの持ち主である。本来なら見破られて当然なのだが、今日まで千夏を観察してきた葛葉のこと細かな報告と、隆由自身の勘によって、ひとつの結論が出されていた。それは、千夏が自分自身の力を無意識に抑制しているという事実だった。

隆由に〝なぜ自分を恐れないのか？〟と問うた少女だったが、その心の奥底では自分で自分を恐れ、怯《おび》えていた。故に、真に彼女が力を発揮できるのは命の危険に脅かされた場合でしかなかった。そこで隆由は大芝居《おおしばい》を打った。まず、懐から取りだしたタバコの箱を〝これはナイフだ〟と強く念じ、それを千夏に感じ取らせた。結果、彼女は命の危険を察し、ＰＫ能力を発動させた。……はずだった。ところが、である。

千夏にはもうひとつ本人も気づいていないことがあった。それは、自身への怯えが、余命幾許もないという死への恐怖からきていたことだ。死を受け入れ、達観していたはずの少女は、その実、生きたいという生存の欲求が誰よりも強かったのである。命の危険に際し、身を護《まも》る力が発動するのが何よりの証拠だ。そして、千夏にとって隆由は、唯一未来を変えてくれると思える人物だった。彼女は、その想《おも》いの強さによって自らの力を無意識に無効にしていた。最後の一瞬、千夏は〝自分が死んでも隆由は殺せない〟と思った。けれど、間髪を入れずに隆由が仕込んでおいた偽の血液が噴出した。それを目の当たりにした少女は、力が働いてしまったのだと思い込んだのである。まさに、騙されたのだ。

もっとも、隆由にとって、今回の芝居は大博打《おおばくち》だった。まさに命がけである。けれど彼は信じた。この賭《か》けに勝ってこそ真の勝利者たる証だ、と。

そうして、隆由は見事に勝利を手にしたのである。

「この赤いのは、においや感触まで似せた合成染料だ。布で拭《ぬぐ》えばすぐに落ちる」

胸ポケットからハンカチを出し、隆由は赤く染まった肌や服を拭《ふ》いてやる。千夏はただされるままに、ぼうっとそこに立っていた。隆由の言うとおり、染みは跡も残さずに消えた。さらに彼は、自分の顔と手を拭い、少女に目を向ける。

「さて……。賭けに勝ったからには、わかっているな、千夏。お前は完全に俺のモノだからな。今後、勝手に死んだり、いなくなったりすることは絶対に許さんぞ！」

ピシャリと言い捨て、隆由は千夏の細い腕を掴む。

「いいか、千夏。お前はルーニムの亡霊に縛られているにすぎん。そんなものは捨てろ。お前を縛れるのは、主たる俺だけだ。未来などというものは、さっきのとおりいくらでも変えられるのだ。だから、お前の寿命だってきっとどうにかなる。いや、俺がどうにかしてやる。なんと言っても、お前の主人なのだからな、俺は！　うはははははっ！」

豪快に嗤う隆由。そんな彼の姿に、千夏の口もとがかすかに緩む。綺麗に拭ったはずの頬が、再び赤く染まった。

「はい……、理事長。ありがとう……ございます……」

「よし。では、早速試させてもらおうか。クク……、お前の身体に主人の味をたっぷり染み込ませてやらなくてはな。処女のお前を、俺なしでは生きられない身体にしてやる」

隆由の両腕が華奢な少女をひょいと抱えた。そのまま、隣室のベッドへと運ぶ。

羽根のように軽い身体。だが、そこからは確かな温もりが、鼓動が伝わってくる。他人に怯え、自分に怯え、死に怯えていた少女。生立ちの呪縛《じゅばく》に、表情さえも失っていた少女。他人を想い、自らの胸の内で葛藤《かっとう》した少女。それはまさに、人間そのものだ。

そっとベッドに降ろしたあとで、セーラー服の上衣を鎖骨の位置まで捲《めく》り上げる。いかにも子供っぽくフリルで飾られたキャミソール、そのボタンをひとつずつ外し、未発育の胸を露《あらわ》にさせる。色づく淡いピンクの輪の真ん中で、震える突起が顔を出していた。それを指先で転がしつつ、隆由はスカートをも捲った。上半身と同じく、やはり子供っぽいデザインのショーツに手をかけ、下腹部からスルリと脱がし去る。覗き込む瞳に、無垢《むく》なスリットが映った。それでもそこは、ヒクヒクわななき、透明な汁を止めどなく溢れさせている。準備は万端というわけだ。

それでは、とばかりに勃起した分身を取りだし、隆由はスリットの中心を貫いた。

「はぁああっ！　うっ、くあっ！」

無垢なワレメを押し広げ、亀頭《きとう》の先端が体内へと潜り込む。脈打つ灼熱の塊が未成熟な果実を穿《うが》ち、滲みでる果汁がシーツへと滴っていく。

「挿入《はい》って……はぁっ、熱い……、アッ、はぁンっ！」

「凄くキツイな、千夏の膣内は……。だが、充分濡れている。期待していたな？」

「先生……、ああっ！　はぁアッ！　わたし……、はぁんっ！」

苦悶に歪む顔は、もはや無表情とは言えまい。ましてそこには、かすかな恥じらいが混在していた。そんな千夏の見せる反応が、ルーニムの記憶によるものなのかどうかはわからない。けれど隆由は気にも留めなかった。何がどうあろうとも千夏は千夏なのだ。彼女のすべてを呑み込めるだけの度量を、彼は有していた。あとは、千夏が隆由を受け入れられるかどうかにかかっている。本当の勝負はこれからだ。隆由は笑った。

「そうだ。その反応だ、千夏、いくぞ。お前の奥までを俺のモノにしてやる！」

隆由がグイと腰を送り込む。狭い膣内を剛直が無理矢理に突き進んでいく。

「あぁあっ！　アアアッ！　先生ぇっ！　ああっ！　あああぁぁぁぁ……！」

何かを突き破るような感触とともに、ゆっくりと、けれど確実に、太く熱いモノが少女の中へと埋め込まれていく。

「クク……。挿入ったぞ、千夏。どうだ？　処女を奪われた感想は……。まだキツイだろうが、これからじっくり慣らしてやる。挿入れられるたびに悦ぶ肉奴隷にしてやるぞ」

「ああ……、はぁぁぁ……、せ……、せんせ……、アッ！　くぅぅんん……！」

小さく喘ぐ千夏の声。だが、早くもその中には、貫かれ、所有される悦びがかすかに芽生え始めている。そう確信しながら、隆由はゆっくりと腰を動かし、濡れそぼる媚肉《びにく》を擦り上げた。肉壺から溢れだす愛蜜《あいみつ》がクチュクチュと淫靡な水音を立てる。

「はあっ！　先生っ！　ああっ、わたし……、はぁ……、あン、ンゥッ！　んっ！　ああんっ！　せんせ……、そこ……！　はっ、はぁぁぁ……、んんっ！　んぅぅ……！」

「恥ずかしそうだな、千夏？　だが、もっと鳴いてもいいんだぞ。大きな声で〝キモチイイ〟と鳴いてみせてくれよ。淫乱な肉奴隷に堕ちていく姿をハッキリ俺に見せてくれ」

頬を朱に染め身悶える少女は、しかし閉じた瞼の端に涙の雫を浮かべ、哀《かな》しげに首を横に振った。

「はぁんっ！　せっ、先生……、はぅ！　わたし……、感覚……、わからないから……。気持ちいいとか……、感じるとか……、わからないから……、ああん……、だから……」

「そうか？　それならただ感じるままに奏でるだけでいい」

そう言って、隆由は太いタクトを盛大に振るう。大きく優雅に。小さく俊敏に。すべての音色をひとつに統べるコンダクター。肉と魂によって繋がるふたりは、熱に蕩け合い、ひとつのハーモニーを紡ぎだそうとしていた。

「はぁっ、あっ、せ、先生っ！　な……か、熱い……の……、凄く……！　ああっ、はぁあんっ！　凄く……、アッ、燃えるみたい……に……！」

突き上げるごとに少女の細い身体が揺れる。成長しきっていない手足と、はだけた制服が、隆由の胸の内に暗く燃える背徳感を灯す。

「ああっ！　あっ、わたし……、ああっ！　何か……、ハァッ！　せんせ……、な、なんだか……、わたし……、おかしいのっ！　身体が……、はぁぁぁっ！」

ギシギシと鳴るベッドの上に、少女の豊かな髪がうねった。ほのかに赤い瞳が快楽の深《しん》淵《えん》に沈み、虚空へと浮遊する感情を捉《とら》えてゆく。

「先生……、し、印が……、あっ、欲しいの……。わたしが……、先生のモノである……印がぁっ！　お願い……だから……、あうぅっ！　わたしに……、下さい、せんせっ！」

甘く切ない声で千夏が言った。肉襞《にくひだ》の強烈な締めつけに、隆由の限界も近い。そこで彼は、少女の願いを叶えるべく一計を案じる。

「よし！　射精すぞ、千夏！　汚してやる、お前を。何度でも、俺のモノで！」

タイミングよく膣内から怒張を抜いた隆由は、右手を添えて狙いを定めた。その途端、激しく迸る灼熱の粘液が、少女の虚弱な身体を白濁で染めあげていく。

「はぁ……、あぁぁ……！　先生……、熱い……よ……」

小さく呟く少女の声。そこには、支配される愉悦の響きが潜んでいた。

エピローグ　制服狩り

季節は巡り、冬になっていた。3学期も半ば過ぎ、編入のシーズンは幕を閉じている。もうしばらくすれば、３００名を超える生徒達《たち》が学園を巣立っていく。そしてその1カ月後には、やはり３００名を超える新入生達が学園に足を踏み入れるのだ。むろん、そのあとに控える年間20名以上の編入生達……。

理事長室の玉座の如《ごと》き椅子《いす》にもたれ、隆由は気怠《けだる》い解放感に浸りながらぼんやりと虚を眺めていた。ふと脳裏をよぎる幾多の少女達。その忘れ得ぬ官能の味が口の中に広がる。

佐伯典絵と水越二海は、それぞれトップアイドルとして海外ツアーに追われていた。典絵はアメリカ、二海はアジアへの進出を果たしている。

瀬川月奈は、相変わらず菊川みずきとの熾烈《しれつ》なトップ争いを繰り広げ、年末の全国摸試では全教科満点を採《と》っていた。このふたりは、海外の大学へスキップ入学させるのもいいだろう。お互いのライバル意識と隆由の肉棒が、今後ともふたりをさらなる高みに押し上げるに違いない。海外留学ともなれば、帰国を楽しみにより励むだろう。

山岡花梨と篠崎七香のふたりは、極普通の学園生活を送っている。もちろん、隆由の肉奴隷であるという事実を除いては、だが……。ふたりの父はともに国会議員の座を追われていた。山岡大三郎はスキャンダルによって。篠崎唯男は不人気により落選して。自業自得だと隆由は思う。それでも、彼らの犠牲になった娘達は学園内で健やかに育っている。

パパラッチの相嶋流佳は、理想とするジャーナリストを目指し、自ら率いる新聞部とともに学校新聞の編集と執筆に精を出していた。もっとも、時折釘《くぎ》を、いや、肉棒を刺してやらないと暴走するきらいがある。まあ、本人もそれを愉《たの》しんでいるようではあるが。

小沢亜希と沙綺の淫乱《いんらん》美人姉妹は、声楽と陸上というそれぞれの道を突き進みつつも、仲睦《なかむつ》まじく隆由に奉仕してくれる。

なんの取り柄もなかった三橋早美は、葛葉のもとで修行中の身だ。同じく延命治療のために葛葉の監督下に置かれた芙蓉千夏とは、なかなかいいコンビのようだった。早美からの報告では、延命治療チームの専門家達が協調性に乏しいらしく、ことあるごとに千夏が「バカばっかり……」とぼやいているそうだが、感情が顕著に出るのは喜ばしい。生きたいと思う気持ちを強く表に出さずして延命は望めないからだ。ただし〝バカ〟という言葉に過剰反応を示す早美としては、少々複雑な気持ちだと言う。千夏の言葉が、いつ自分に向けられるか不安なのだそうだ。そんな少女を「だからお前はバカだと言うのだ！」などと一喝《いっかつ》し、根性棒ならぬ肉棒を叩《たた》き込む隆由は、まるで早美の師匠になった気分だった。

その他にも、十数名に及ぶ少女達との交わりがあった。皆、それぞれ隆由とのかかわりの中で、自身の価値を見つけ頑張《がんば》っている。今のところ学園は安泰だった。

「どうしました、理事長？　ぼんやりとして……」

不意に声がして、隆由は視線を下げる。執務机《しつむづくえ》の前に、タイトな真紅のスーツをピシリと着込んだ永江葛葉が立っていた。スラリとした長身に、均整の取れたプロポーション。

その姿はいつ見ても艶《なま》めかしい魅力に満ちている。しかも彼女は、飛びきり優秀だった。

「葛葉……。最近、父上とは会っているのか?」

「お忘れですか、理事長? わたしに父はおりません」

葛葉がクスリと笑う。そうだ。彼女はそういう女性だった。隆由はあらためて思う。

実のところ、施設から引き取られたとされた葛葉には両親がいた。それも、玉越グループ内にだ。彼女の父親は、玉越グループ秘書部の部長、サニー服部《はっとり》という人物である。グループ内では〝影の軍団〟とまで称される実力派集団を率いる服部は、お庭番的存在として、隆由のクーデターのお膳《ぜん》立《だ》てを整えた張本人なのだ。ある意味において、玉越グループの実質的支配権は、服部と葛葉父娘が握っていると言っても過言ではなかった。

「俺《おれ》がこうして制服狩りを愉しめるのも、お前と服部部長のお陰《かげ》だな」

「いいえ。わたしも部長も、ゆくゆくはあなたが世界をリードする器だと信じてお仕えしているのですわ。理事長の趣味はしっかり実益を兼ね、しかも着実に実を結んでいます」

「お前は、俺の最高のパートナーだよ」

隆由は正直な気持ちを口にした。目の前の女性は、Mでもあり、Sでもある。本当のマゾは、サドがどうしたいかという気持ちがわかり、望むマゾを瞬時に演じる。本当のサドは、マゾの気持ちを理解するが故に、痛みを快楽として与えることができる。そんなことを教えてくれたのは葛葉だった。時には肉奴隷のマゾとして。時には少女をいたぶるサドとして。葛葉は、その持てるすべてを教えてくれたのだ。そう、初めての女の味でさえ。

「そうだ、葛葉……。最高のパートナーであれば、俺が今何を考えているかわかるな？」

「はい、理事長」

嬉《うれ》しそうに葛葉が頷《うなず》く。隆由は椅子から立ち上がり、秘書を伴って隣室へ足を進めた。

そう、部屋の中央に置かれたキングサイズのベッドへと。

扉を閉める隆由の前で、葛葉が優雅にスーツを脱ぐ。その下からは、ガーターベルトとストッキングだけをまとった美しい裸身が現れた。どうやら彼女は、初めからブラジャーもショーツも着けてはいなかったようだ。

いったいいつから俺の心を読んでいたんだ？　千夏顔負けの千里眼に舌を巻きながら、隆由は葛葉に歩み寄る。艶めかしく伸びた大人《おとな》の女性の手が、彼の背広を脱がし去った。

そして、おもむろに交わすディープキス。葛葉はそっと瞼《まぶた》を閉じ、主《あるじ》のなすがままに、その身を委《ゆだ》ねていく。ふたりは絡み合ったままベッドへと倒れ込んだ。

「はぁっ！　あっ、あぁぁっ！　ああ、ああ、わたしのご主人様ぁっ！」

葛葉の甘えた声。それは、普段の優秀な秘書を演じている時からは想像もつかぬほど淫《みだ》らで艶めかしい。ズボンの中の窮屈なスペースで、隆由の分身が暴れていた。すかさずそれを引っ張りだし、とうに洪水状態にある肉奴隷の淫裂へ押し当てる。ヌルリとした感触とともに、怒張はあっさり根もとまで呑《の》み込まれた。

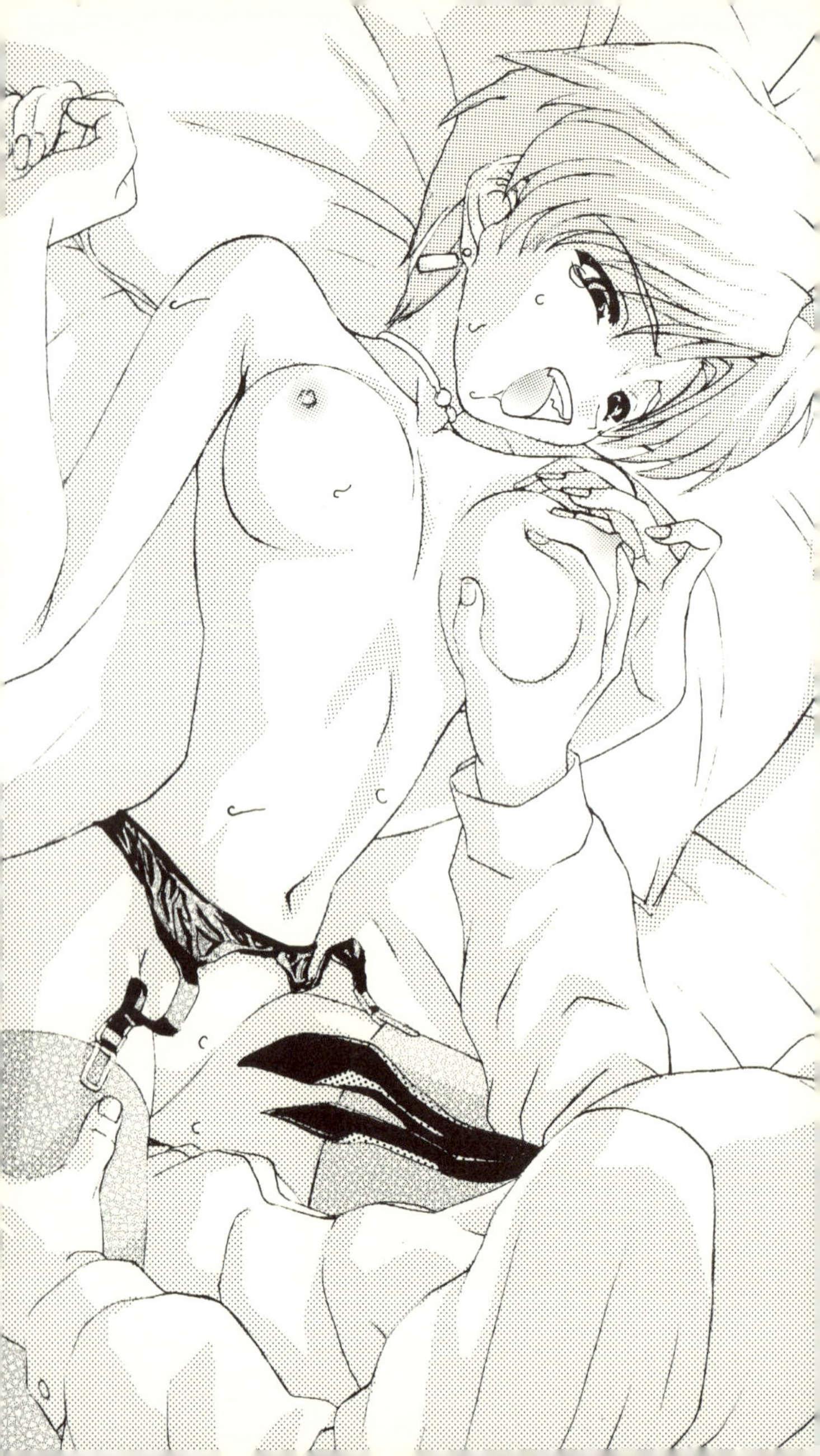

「アアッ、ご主人様のが、挿入《はい》って……、ああん、わたし……、凄《すご》く……、はぁンっ！」

「可愛《かわい》いぞ、葛葉。いつも世話になっている礼も込めてたっぷりと可愛がってやらなくてはな。本当は毎日でも抱いてやりたいところだが、なかなか職務が忙しかったからな。だが、これからしばらくは……」

「ハァッ！　ああっ、ご主人様ぁっ！　あっ、うう、嬉しい……ですぅっ！」

喜びに身を震わせ、葛葉が叫ぶ。けれども次の瞬間には、控えめな声で囁《ささや》いた。

「でも……、ああっ、わたしは……これでいいんです……。ご主人様の……、気が向いた時に……可愛がってもらえればっ！　それだけが、わたしが、望むことだから……」

　いったん言葉を切り、葛葉がボリュームのあるヒップを隆由へと圧《お》しつける。柔らかな肉が隆由の下腹部にグリグリと擦《こす》れ、剛直を咥《くわ》え込んだ肉襞《にくひだ》がざわめきうねる。

　豊かにたわむ乳房を揉《も》みしだく隆由は、葛葉の奉仕に酔いしれ、よりいっそう興奮していた。葛葉にはそれが手に取るようにわかった。その証拠に、下腹部を貪《むさぼ》る怒張が脈動を繰り返している。無数の肉襞で主の高ぶりを実感し、彼女は胸の内の熱い想《おも》いを吐きだしていく。

「いつもは……、ただの秘書として……。そして、抱いて貰《もら》う時だけでもいい……、ご主人様と呼ばせてもらえれば、それだけで……、ああっ！　幸せなんです！　凄く感じるんですっ！」

自ら腰をクネらせる葛葉は、突き上げられるたびに豊かな胸を弾ませ、悶《もだ》えた。

「ああっ！　ご主人様の……が、わたしの膣内《なか》で膨らんでぇ……！　ああんっ！　堪《たま》らないぃん、堪りませんわっ！　くあああぁぁぁんんんっ！」

葛葉……。そうだ。お前は、俺のモノだ。俺だけの可愛い肉奴隷だ。

激しく肉と肉がぶつかる音が室内に響く。溢《あふ》れるほどに濡《ぬ》れた淫部を逞《たくま》しいイチモツが何度も往復し、葛葉の女芯《にょしん》をこれでもかと突き刺していく。

「はぁぁあっ、ぁぁああっ！　あっ、いいっ！　あっ、いいのぉっ！　動いてるぅっ！　膣内で……、あ……、ご主人様のがぁっ！　あっ、あぁッ！」

激しいピストン運動に煽《あお》られ、見事に熟れた肉体が淫《みだ》らに揺れる。

「うあっ！　犯されてる……、犯されてるの、わたしっ！　はあっ、ご主人様に……、犯されてるぅぅぅっ‼」

しなやかに乱れる白い肢体《したい》。どんなに淫らになろうとも、美しい顔にもバランスのよい身体《からだ》にも浅ましさは微塵《みじん》も感じられない。むしろどこか優雅でさえあった。そのギャップが隆由の欲情を掻《か》き立てるのである。

「いいぞ、葛葉。とてもイヤラシイぞ」

隆由が囁くと、葛葉の膣内《ちつない》がキュンと締まる。愉悦の笑みを湛《たた》える肉奴隷は、たわわな双丘を、丸いヒップを、卑猥《ひわい》に揺すってみせる。

「ハァ、あっ！　ご主人様ァ！　イヤラシイわたしに……、淫乱な牝《めす》奴隷のわたしにっ、もっと……、お仕置きを下さいっ！　お慈悲をっ！　あっ、ああっ！」

「クク……。いい子だ、葛葉……。本当に……」

満足の笑みに口もとを歪《ゆが》め、隆由が低く呟《つぶや》いた。彼のパートナーとして、そして最高の肉奴隷として、その頂点を極める葛葉。知性と淫乱さを兼ね備えた彼女は、常に主とともにある。男にとってこれほど都合のいい女性はいないだろう。だが、だからこそ葛葉は相手を選ぶ。どんな男にでも仕えたりはしない。そんな彼女を仕えさせるために、主となる男はすべてにおいて至高を極めなければならないのだ。

お前が俺を高みへと導く。俺が一段でもランクを上げれば、お前はすかさずさらにその上を行く。いつか俺は、お前を超えられるのだろうか……？　ふと頭の隅《すみ》をよぎる不安。

隆由はそれを激しい腰の躍動によって振り払った。

いいや、超える。俺は必ず超えてやる！　そのためにお前は尽くしてくれているのだからな。今はまだそれだけの力がないと痛感しながらも、隆由は決して諦《あきら》めない。完全なる勝利を掌中に収めるまで！

肉房を掴《つか》む右手に無意識に力が籠《こも》る。弾力のある肉の塊に指が喰《く》い込み、指の間でくびられた突起がキュンと尖《とが》って震えた。完成された肉奴隷は、ある程度の痛みさえも即座に快感へと変えられる。喘《あえ》ぐ朱唇の端から悦楽の涎《よだれ》が垂《た》れた。

「くぅあぁぁぁぁんん！　ご主人様ァ、いっぱい……、いっぱい揉んで下さい！　いっぱい突いて下さいっ！　ああんっ！」

「ああ、わかっているさ」

隆由は腰を数回前後させたあとで、今度は大きくグラインドさせた。下腹部を激しく抉《えぐ》られ、葛葉がよがる。

「あうっ！　うああんん！　ご主人様ァ！　ああっ、い……、いいっ！」

膣内奥深くを盛大に掻き回される衝撃が、葛葉の息を詰まらせた。朱唇を噛《か》み締め、身を硬直させて快感に浸る。

「葛葉、もっと鳴け！　お前の声をもっと聞かせてくれ！」

「はい……、はいっ！」

官能に潤む瞳《ひとみ》が隆由を見つめる。大きく開いた朱唇が悦《よろこ》びの歌を口ずさむ。

「ああ……、ご主人様、ご主人様ァ！　素敵です！　最高ですっ！　うあぁぁん！　ご主人様が……、はぁんんっ！　わたしの……、くうぅぅんん、オマ○コの中でぇ……、ビクビク言ってますぅっ！　くあっ！　あぁぁあああんんっ！　もう、蕩《とろ》けそうっ！」

抽送のたびに結合部から溢れでる淫蜜《いんみつ》。ニチャニチャグチュグチュと淫らな音色を響かせるそれは、まさに葛葉の膣内から蕩けでたかのようだった。これだけ濡れてしまうと、今までに何度となく隆由を咥え込んですっかり慣れ親しんだはずの膣内は緩くなりそうなものだが、そうではなかった。

葛葉こそ素晴らしい！　隆由の背筋を感嘆の震えが疾《はし》る。彼女の愛液は粘性が強い。そのお陰で、濡れれば濡れるほど、滑りをよくするだけでなく、むしろ肉襞の吸着力を高めてくれるのだ。実際、隆由の分身は絡みつく無数の襞の歓待に爆発寸前だった。

「くうっ！　さすがだ。すぐにでもイッてしまうぞ」

「どうぞ！　何度でも犯して下さい！　メチャメチャにして下さい！　ご主人様ぁっ！」

「ああ、いいだろう。じゃあ、まずは1発目だ！　そらぁっ!!」

「はぁっ！　あ……、あっ、あはぁんん！　あっ、ああああああぁぁぁぁぁーっ!!」

一際高く鳴き声をあげる葛葉。

隆由は、淫蜜でドロドロの膣内へ大量の白濁液を放った。目の前の愛しい肉奴隷と悦びを分かち合いながらも、来期この学園にやってくる少女達と繰り広げられるであろう、新たなる凌辱《りょうじょく》の宴《うたげ》に想いを馳《は》せて……。

〈FIN〉

あとがき

パラダイムノベルスの読者の皆さん、お元気ですか？　布施はるかです。

今回は『Sacrifice～制服狩り～』のノベライズを担当させていただいたのですが、今回はあらためてノベライズの難しさを思い知りました。なんたって、総勢26人の女性キャラクターが登場する原作ゲームを、限られた紙面の中で再構築しなければならないんですからね。結局、半数以上のキャラを割愛せざるを得ず、お目当てのキャラがいないとお嘆きの方々には誠に申し訳なく思っています。

さて、ノベライズ執筆にあたり、今回もメーカー様のご了承を得て、ゲーム本編とは多少趣を変えたものにさせていただきました。具体的には、主人公のバックボーン等の設定をボクのほうで創作させていただいたり、少女達とのかかわりについて多少の踏み込みをさせていただきもしました。

果たして巧くいきましたかどうか……？　その判断は読者の皆さんにお任せすることとして、今年はノベライズだけでなくオリジナルの短編も執筆したりと、読者の皆さんともより多くの場でお目にかかれることになりました。そんなわけで、読者の皆さん、そしてパラダイムのスタッフの皆さん、今後ともよろしくお願いいたします。

2002年5月　布施はるか

Sacrifice ～制服狩り～

2002年６月15日 初版第１刷発行

著　者　布施 はるか
原　作　Rateblack
原　画　たまひよ

発行人　久保田 裕
発行所　株式会社パラダイム
〒166-0011東京都杉並区梅里2-40-19
ワールドビル202
TEL03-5306-6921 FAX03-5306-6923

装　丁　妹尾 みのり
印　刷　あかつきＢＰ株式会社

既刊ラインナップ

定価 各860円+税

1 悪夢～青い果実の散花～
2 脅迫
3 痕～きずあと～
4 慾～むさぼり～
5 黒の断章
6 淫従の堕天使
7 Esの方程式
8 歪み
9 悪夢 第二章
10 瑠璃色の雪
11 官能教習
12 復讐
13 淫Days
14 お兄ちゃんへ
15 緊縛の館
16 密猟区
17 淫内感染
18 月光獣
19 告白
20 Xchange
21 虜2
22 飼
23 迷子の気持ち
24 ナチュラル～身も心も～
25 放課後はフィアンセ
26 骸～メスを狙う顎～
27 朧月都市
28 Shift!
29 いまじねぃしょんLOVE
30 ナチュラル ～アナザーストーリー～
31 キミにSteady
32 ディヴァイデッド
33 紅い瞳のセラフ
34 MIND
35 錬金術の娘

36 凌辱～好きですか？～
37 MydearアレながおじさんS
38 狂＊師～ねらわれた制服～
39 UP!
40 魔薬
41 臨界点
42 絶望～青い果実の散花～
43 美しき獲物たちの学園 明日菜編
44 淫内感染～真夜中のナースコール～
45 MyGirl
46 面会謝絶
47 偽善
48 美しき獲物たちの学園 由利香編
49 せ・ん・せ・い
50 sonnet～心かさねて～
51 リトルMyメイド
52 flowers～ココロノハナ～
53 サナトリウム
54 はるあきふゆにないじかん
55 プレシャスLOVE
56 ときめきCheck in!
57 散櫻～禁断の血族～
58 Kanon～雪の少女～
59 セデュース～誘惑～
60 RISE
61 虚像庭園～少女の散る場所～
62 終末の過ごし方
63 略奪～緊縛の館 完結編～
64 Touchme～恋のおくすり～
65 淫内感染2
66 加奈～いもうと～
67 PILE・DRIVER
68 Lipstick Adv.EX
69 Fresh!
70 脅迫～終わらない明日～

71 うつせみ
72 Xchange2
73 M.E.M.～汚された純潔～
74 Fu・shi・da・ra
75 絶望～第二章～
76 Kanon～笑顔の向こう側に～
77 ツグナヒ
78 ねがい
79 アルバムの中の微笑み
80 ハーレムレーサー
81 絶望～第三章～
82 淫内感染2～鳴り止まぬナースコール～
83 螺旋回廊
84 Kanon～少女の檻～
85 夜勤病棟
86 使用済～CONDOM～
87 真・瑠璃色の雪～ふりむけば隣に～
88 Treating 2U
89 尽くしてあげちゃう
90 Kanon～the fox and the grapes～
91 もう好きにしてください
92 同心～三姉妹のエチュード～
93 あめいろの季節
94 Kanon～日溜まりの街～
95 贖罪の教室
96 ナチュラル2 DUO 兄さまのそばに
97 帝都のユリ
98 Aries
99 LoveMate～恋のリハーサル～
100 恋ごころ
101 プリンセスメモリー
102 ぺろぺろCandy2 Lovely Angels
103 夜勤病棟～堕天使たちの集中治療～
104 尽くしてあげちゃう2
105 悪戯Ⅲ

最新情報はホームページで！　http://www.parabook.co.jp

106 使用中～W.C.～　原作：ギルティ　著：萬屋MACH
107 せ・ん・せ・い2　原作：ディーオー　著：花園らん
108 ナチュラル2DUO お兄ちゃんとの絆　原作：フェアリーテール　著：清水マリコ
109 特別授業　原作：BISHOP　著：深町薫
110 Bible Black　原作：アクティブ　著：雑賀匡
111 星空ぷらねっと　原作：ディーオー　著：島津出水
112 銀色　原作：ねこねこソフト　著：高橋恒星
113 奴隷市場　原作：ruf　著：菅沼恭司
114 淫内感染～午前3時の手術室～　原作：ジックス　著：平手すなお
115 懲らしめ 狂育的指導　原作：ブルーゲイル　著：雑賀匡
116 傀儡の教室　原作：ruf　著：英いつき
117 インファンタリア　原作：サーカス　著：村上早紀
118 夜勤病棟～特別盤 裏カルテ閲覧～　原作：ミンク　著：高橋恒星
119 姉妹妻　原作：13cm　著：雑賀匡
120 ナチュラルZero＋　原作：フェアリーテール　著：清水マリコ
121 看護しちゃうぞ　原作：トラヴュランス　著：雑賀匡

122 みずいろ　原作：ねこねこソフト　著：高橋恒星
123 椿色のプリジオーネ　原作：ミンク　著：前薗はるか
124 恋愛CHU！彼女の秘密はオトコのコ？　原作：SAGAPLANETS　著：TAMAMI
125 エッチなバニーさんは嫌い？　原作：ジックス　著：竹内けん
126 もみじ「ワタシ…人形じゃありません…」　原作：ルネ　著：雑賀匡
127 注射器2　原作：アーヴォリオ　著：島津出水
128 恋愛CHU！ヒミツの恋愛しませんか？　原作：SAGAPLANETS　著：TAMAMI
129 悪戯王　原作：インターハート　著：平手すなお
130 水夏～SUIKA～　原作：サーカス　著：雑賀匡
131 ランジェリーズ　原作：ミンク　著：三田村半月
132 贖罪の教室BADEND　原作：ruf　著：結字糸
133 -スガタ-　原作：May-Be SOFT　著：布施はるか
134 Chain 失われた足跡　原作：ジックス　著：桐島幸平
135 君が望む永遠 上　原作：アージュ　著：清水マリコ
136 学園～恥辱の図式～　原作：BISHOP　著：三田村半月
137 蒐集者～コレクター～　原作：ミンク　著：雑賀匡

138 とってもフェロモン　原作：トラヴュランス　著：村上早紀
139 SPOT LIGHT　原作：ブルーゲイル　著：日輪哲也
141 君が望む永遠 下　原作：アージュ　著：清水マリコ
142 家族計画　原作：ディーオー　著：前薗はるか
143 魔女狩りの夜に　原作：アイル　著：南雲恵介
144 憑き　原作：ジックス　著：布施はるか
145 螺旋回廊2　原作：ruf　著：日輪哲也
146 月陽炎　原作：すたじおみりす　著：雑賀匡
147 このはちゃれんじ！　原作：ruf　著：三田村半月
148 奴隷市場ルネッサンス　原作：ruf　著：菅沼恭司
149 新体操（仮）　原作：ぱんだはうす　著：雑賀匡
150 Piaキャロットへようこそ!!3 上　原作：エフアンドシー　著：ましらあさみ
151 new～メイドさんの学校～　原作：SUCCUBUS　著：七海友香
152 はじめてのおるすばん　原作：ZERO　著：南雲恵介
153 Beside～幸せはかたわらに～　原作：F&C・FC03　著：村上早紀
157 Sacrifice～制服狩り～　原作：Rateblack　著：布施はるか

〈パラダイムノベルス新刊予定〉

☆話題の作品がぞくぞく登場！

155. 性裁～白濁の禊～

ブルーゲイル　原作
谷口東吾　著

　早くに両親を亡くした正義は義妹のきづなとふたり暮らし。そんな彼らをいろいろ気遣ってくれていた現国教師の裕子が、屋上から謎の転落死を遂げる。不審に思った正義は悪友たちと独自に調査を始めるが…？

154. Princess Knights《プリンセスナイツ》 上巻

ミンク　原作
前薗はるか　著

　亡国の王子ランディスは、敵国兵から逃れ辺境の地に身を隠していた。しかし敵の手がクレアにのびたとき、竜の血が目覚める!!　仲間となる少女を探し、彼は大陸に平和を取り戻せるのか!?